深夜食堂

5

安倍夜郎

菜單

深夜0時

第 58 夜 ◎ 麻婆豆腐

麻婆豆腐據說是個麻婆做的豆腐料理，到店裡一定點這道菜的客人，也有點像麻婆。
呼呼
這家店又小又破，但麻婆豆腐倒很好吃。
是嗎？謝啦。
真是嘴上不饒人的阿婆。

那個～有麻婆豆腐嗎？
有啊，請進。
小哥，門要關好，冷死啦。
驚
對、對不起⋯
他把門關上，坐在阿婆的對面。
砰
《吉祥警探》開始了嗎？
喀啦

若宮先生，我就想說你該來了。
小哥，門要關好，冷死啦。
抱歉啊，阿桑。
不要叫我阿桑，我沒那麼老。
喔，好恐怖。
我不知道若宮先生是做什麼的，但他每週這個時候就會來，是個開朗的年輕人。
咚—
咚—
和希和希
吉祥警探
懲奸除惡
吉祥警探
KAZUKI
カズキ
《吉祥警探》是深夜檔動畫，講述身上有吉祥天女刺青的祕密女警探的故事。

老大，進行得很順利。
等等！就算能瞞過凡人的眼睛，
卻瞞不過吉祥天女！
來了!!
我跟阿婆目瞪口呆地望著兩個非常投入的年輕人。
下週也要看喔♡
節目結束後——
那個……您也是和希的粉絲嗎？

嗯…不如說我是聲優響瑛的粉絲。
我也是。
那《外星人亂子》呢？
喜歡喜歡！飛鳥純、白鳥冴香、卡特琳娜、還有魔法師莉子！
哇～我也是！
聲音好性感，太棒了！
吵死了！
想安靜吃東西都沒辦法。
老闆，結帳。

砰
那個阿桑是怎樣？
……我今天好高興啊。認識了御宅。
我也是。跟同好一起看動畫，超有趣的！
我叫池谷。下星期也會來。
我叫若宮。我也會來。
我是聽說過這種御宅啦。但沒想到竟會互稱御宅呢。
一週後——
めし
哎，這要送我!?

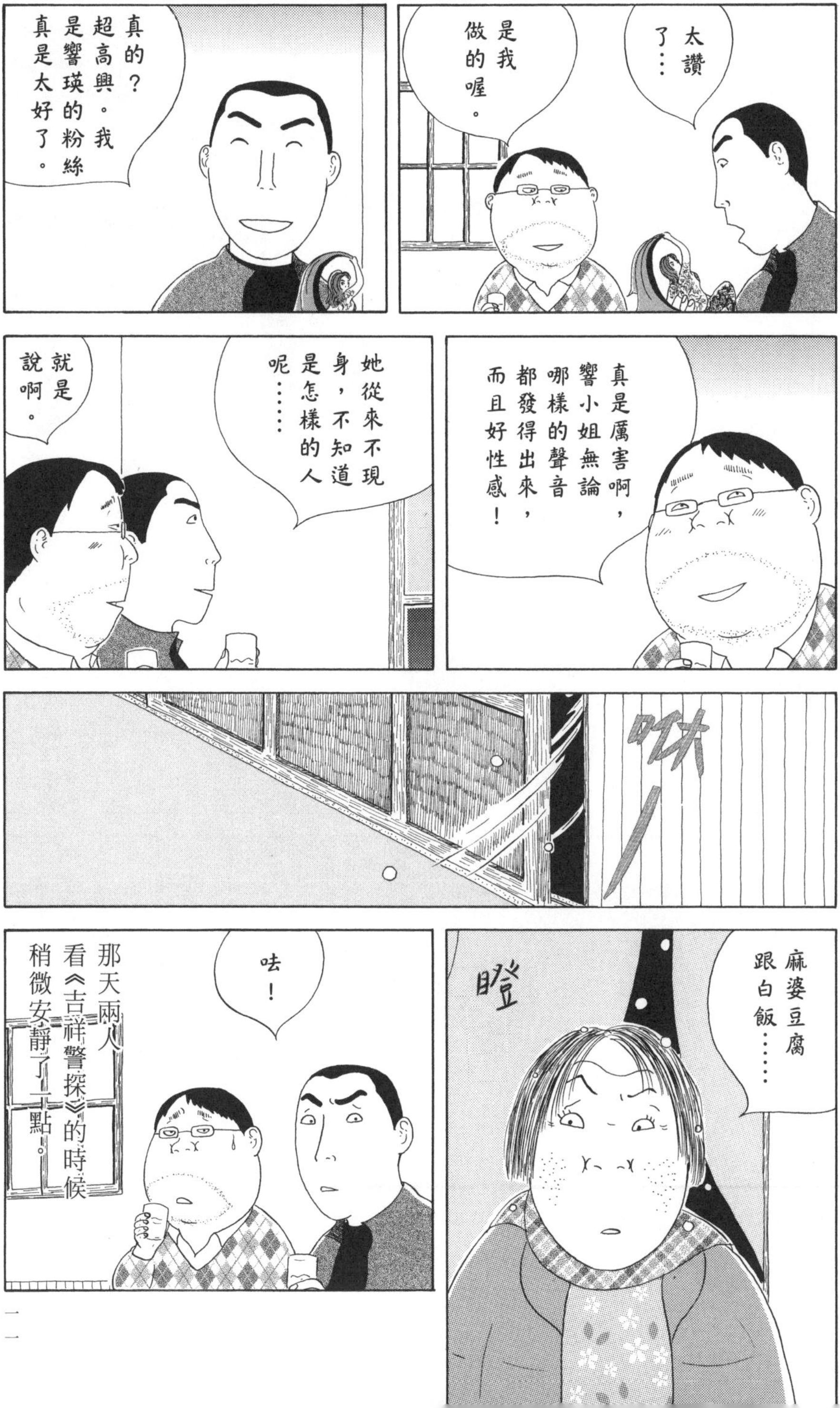
太讚了……
是我做的喔。
真的？超高興。我是響瑛的粉絲真是太好了。
真是厲害啊，響小姐無論哪樣的聲音都發得出來，而且好性感！
她從來不現身，不知道是怎樣的人呢……
就是說啊。
咻
噔
麻婆豆腐跟白飯……
咕！
那天兩人看《吉祥警探》的時候稍微安靜了一點。

SNACK
club
BAR ばんば
夜会
さ.さ
cramp
花
呼 呼
他被逮捕了。
喀啦
哪個他？
池谷啊。他經營偶像網站，賣蘿莉控色情DVD，生意做得蠻大的。我接獲檢舉到他家搜索，逮個正著。
他滿臉「為什麼？」的表情…

若宮先生是警察啊？
偵訊的時候他一言不發。大概以為我假裝是動漫迷陷害了他。真令人吃驚⋯⋯
但是若宮先生吃的驚還不止於此。
吉祥警探
KAZUKI
カズキ
此時小壽壽桑來了——
啊~響子、是響子吧!?
小壽壽桑好久不見！
你們認識？
對啊。是我建議響子去當聲優的。不然她這張麻臉當不成演員的。

聲優？
是啊，你知道響瑛嗎？
……
哎？
若宮大受打擊，幾乎一蹶不振──
但他還是有收穫。響小姐用吉祥警探的聲音錄了一段訊息。
偵訊室2
不要悶不吭聲，老實交代吧，池谷守！快改邪歸正，我會看著你的。
嗚…
於是他就老實招供了。

第59夜◎鯡魚卵

めしや
年菜不是我的風格，
但新年頭三天店裡還是有鯡魚卵。
因為要是沒吃到那噗吱噗吱的口感，
就不像新年了啦。
新年快樂。
今年也請多多關照。
啊，恭喜恭喜。
茂先生還是曬得這麼黑。

茂先生是健身器材公司的社長，一年到頭都跟松崎茂[1]一樣曬得黑黑的，所以大家都叫他茂先生。
老闆，溫酒。
這位是他的情人亞美，年紀好像比他女兒還小。
有鯡魚卵，要嗎？
鯡魚卵？是多子多孫的吉祥菜吧。我不用了，孫子都有五個啦。
哎～亞美想吃。去了夏威夷，都沒吃到年菜。
兩人都去夏威夷曬的？
不是，只有亞美。阿茂不敢搭飛機啦。
鐵塊能在天上飛，真難以置信。
這樣，茂先生到底在哪曬的呢？

1.日本歌手、演員，膚色黝黑為其特色。

啊，新年的感覺。
噗吱噗吱
……
……
噗吱噗吱
茂先生說不用了但還是吃了不少。
噗吱噗吱
噗吱噗吱
我並不討厭這個。再來一盤吧，老闆。
兩人明天一早要去迪士尼樂園，早早就離開了。
HOTEL
PURUPURU
茂先生真是精力充沛。他還比我大三歲呢。
真厲害，總是容光煥發。

歌舞伎町的泰國浴店都不接待茂先生，說他太激烈了……
哎～～
討厭……
某個春天晚上。
亞美來勢洶洶地衝進店裡。
喀啦
老闆！你知道嗎，阿茂的老婆懷孕了！
亞美……
啥？

亞美去夏威夷的時候，阿茂跟老婆嘿咻了。超噁心！
大概也就新年跟盂蘭盆節啦……
這個色老頭!!
夫人幾歲啦？
比我小九歲，現在四十六了。
那她怎麼說？
要生……
砰
好痛！

新年的鮪魚卵果然有效啊…
吃鮪魚卵是在那之後。
隨便啦。
亞美…
亞美也想要小孩…
哎!?
想要阿茂的小孩…
喂，別胡說了。
老闆，有鮪魚卵嗎？

當然沒有啊。只有鱈魚子。
那就要鱈魚子。
喂…
之後亞美也一直責怪茂先生。
我「有」了!!
夏天到了——
BAR
SKY
より道
SNACK
ヨコスカ

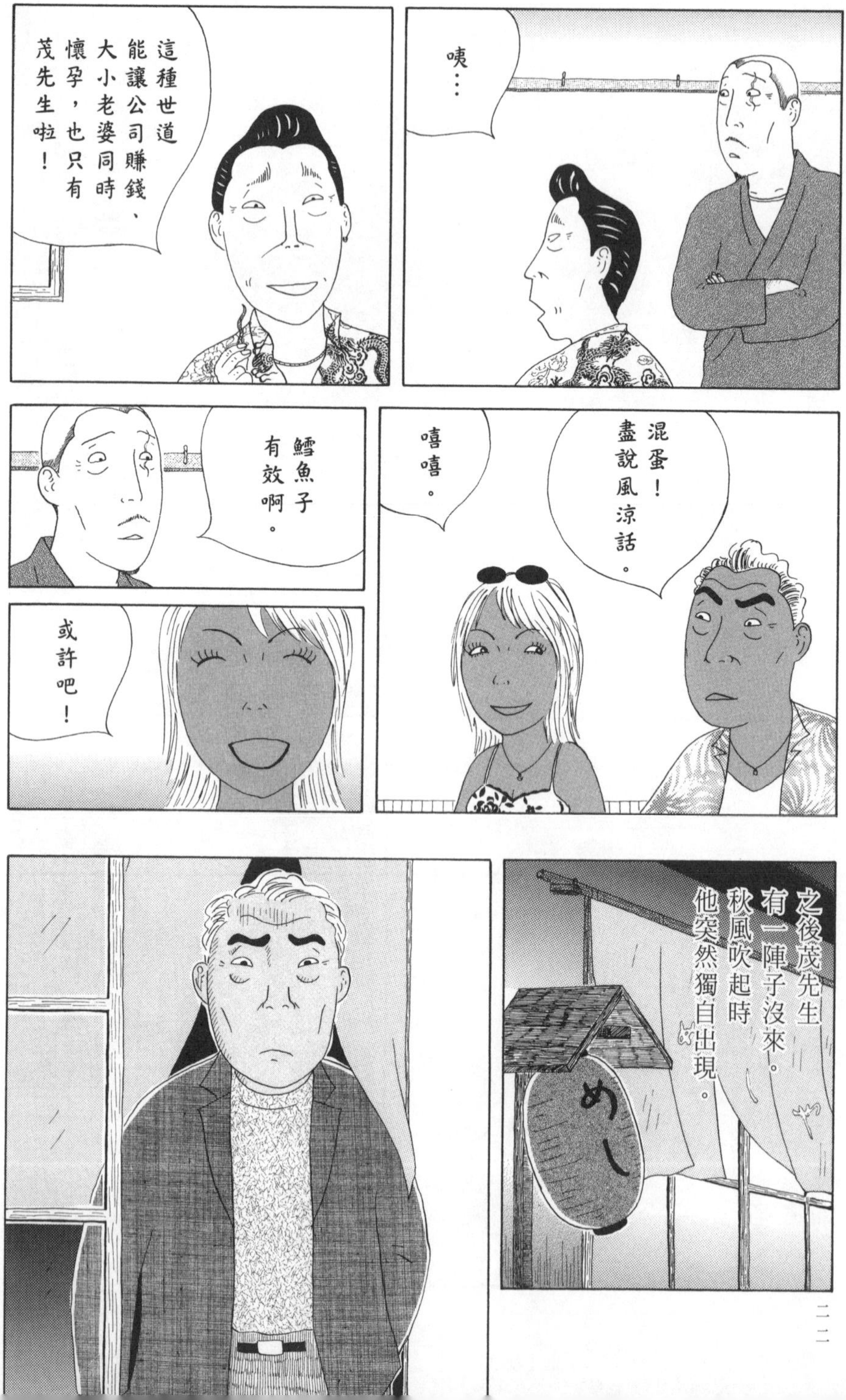
咦⋯⋯
這種世道能讓公司賺錢、大小老婆同時懷孕，也只有茂先生啦！
混蛋！盡說風涼話。
嘻嘻。
鱈魚子有效啊。
或許吧！
之後茂先生有一陣子沒來。秋風吹起時他突然獨自出現。
めし

怎麼變白啦？
呼！
咚、
不管我怎麼花心都不生氣的老婆，這次怒火中燒，召集我女兒們開家庭會議聲討我。
與其說聲討不如說「處刑」……
雖然亞美的孩子被接受了，但最後我老婆說了一句話……
但是你要去結紮。
天譴啊！

新年到了，跟大肚子的亞美一起來的茂先生，又曬黑了。
阿茂現在不用擔心，又開始到處去玩了。
真是不知悔改。
茂先生，要鯡魚卵嗎？
哎!?
……不用啦。

第 60 夜◎ 肉醬麵

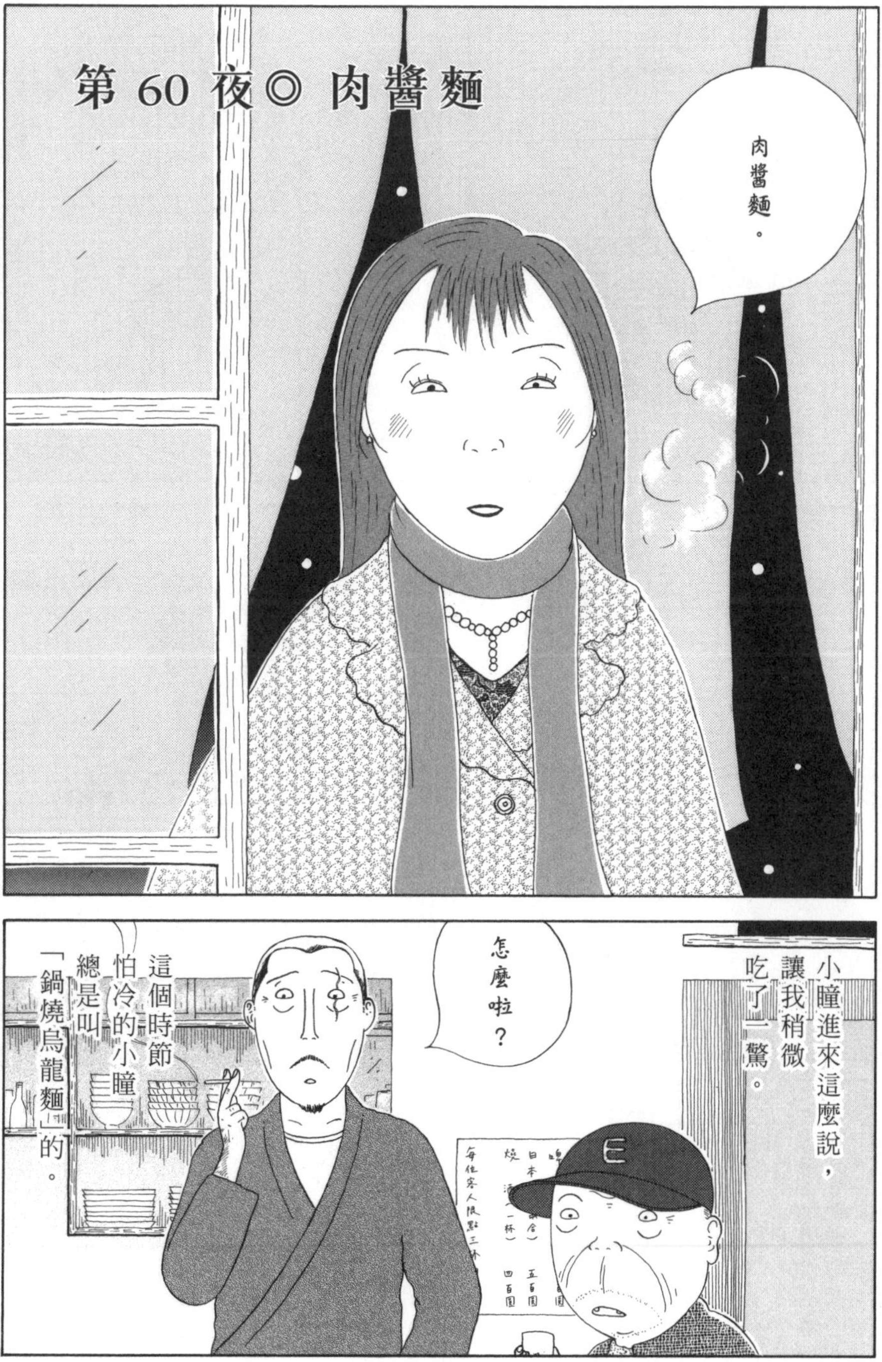
肉醬麵。
小瞳進來這麼說，讓我稍微吃了一驚。
怎麼啦？
這個時節怕冷的小瞳總是叫「鍋燒烏龍麵」的。

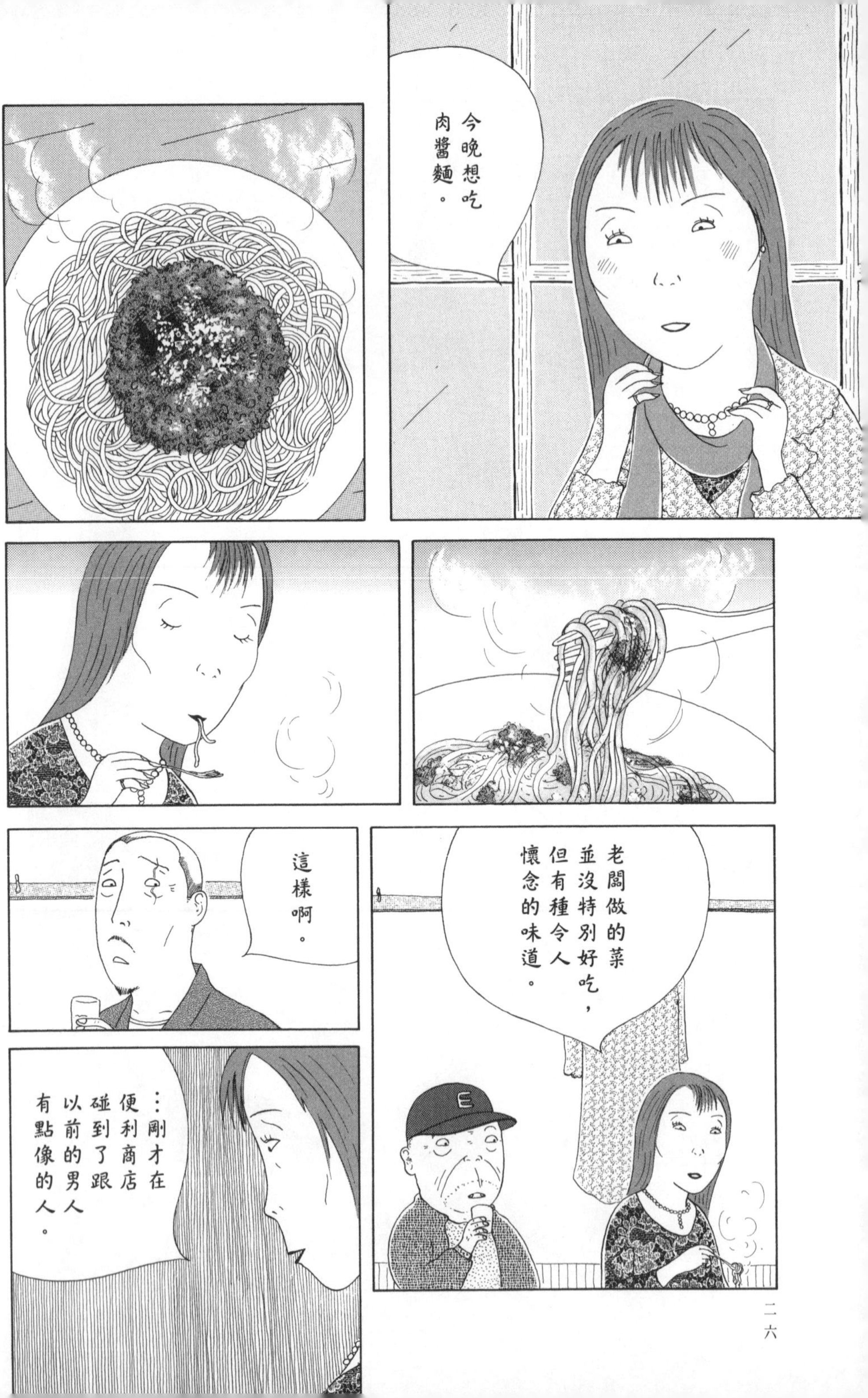
今晚想吃肉醬麵。
老闆做的菜並沒特別好吃，但有種令人懷念的味道。
這樣啊。
…剛才在便利商店碰到了跟以前的男人有點像的人。

以前的男人？
第一個男人。
!?
我高二的時候……他二十一歲。
果然很早熟。
他喜歡打保齡球。常常在保齡球館的餐廳吃肉醬麵。
所以才點肉醬麵啊。妳看到的不是他嗎？
不是，是個二十來歲的男人。
但是背影有點像……

啊，好久沒那麼想打保齡球了。
小瞳說著就離開了。
之後有好一陣子沒見到她……
めし
小瞳的壞習慣又開始了。
壞習慣？
倒貼年輕男人。
喀啦
大家好，我剛打完保齡球。兩份肉醬麵!!

……
啊，明美！跟妳介紹，這是阿真，他在上設計學校。
妳好。
這是明美，這是阿忠。這是老闆，雖然長相兇惡但是人不錯。
不好意思喔…
請問洗手間在哪？
在後面。
他上廁所的時候，小瞳小聲說……
阿真是肉醬麵男人的兒子。

咦!?
噓!!不要告訴阿真。
嗯，父子兩代啊……
久等了。
如何？
我喜歡的口味！
……

小瞳對他微笑，然後偷偷對我眨眼。
今年冬天應該可以暖暖地過。
小瞳說著便回家了。但是她的期待卻完全落空。
他們雖然立刻開始同居，但阿真卻體弱多病，一開始是流行性感冒、然後是流行性耳下腺炎、盲腸炎、帶狀皰疹等等。
小瞳一直照顧著他。
那傢伙的前女友去跟他爸媽告狀，他爸媽把他帶回岩手去了。
妳辛苦了，小瞳。

對了，他老爸記得小瞳嗎？
誰知道，他什麼也沒說……
總之他忙著安撫激動的老婆，根本顧不了那麼多啦。
這時小瞳的手機響了。
是我……你記得啊。
！
……沒關係別介意。
…………
真的沒關係……嗯，我知道了……
他老爸嗎？

說明天會再來拜訪……
我聽兒子說了。多謝妳了。
…………
父子兩代都受妳照顧……
請收下吧。

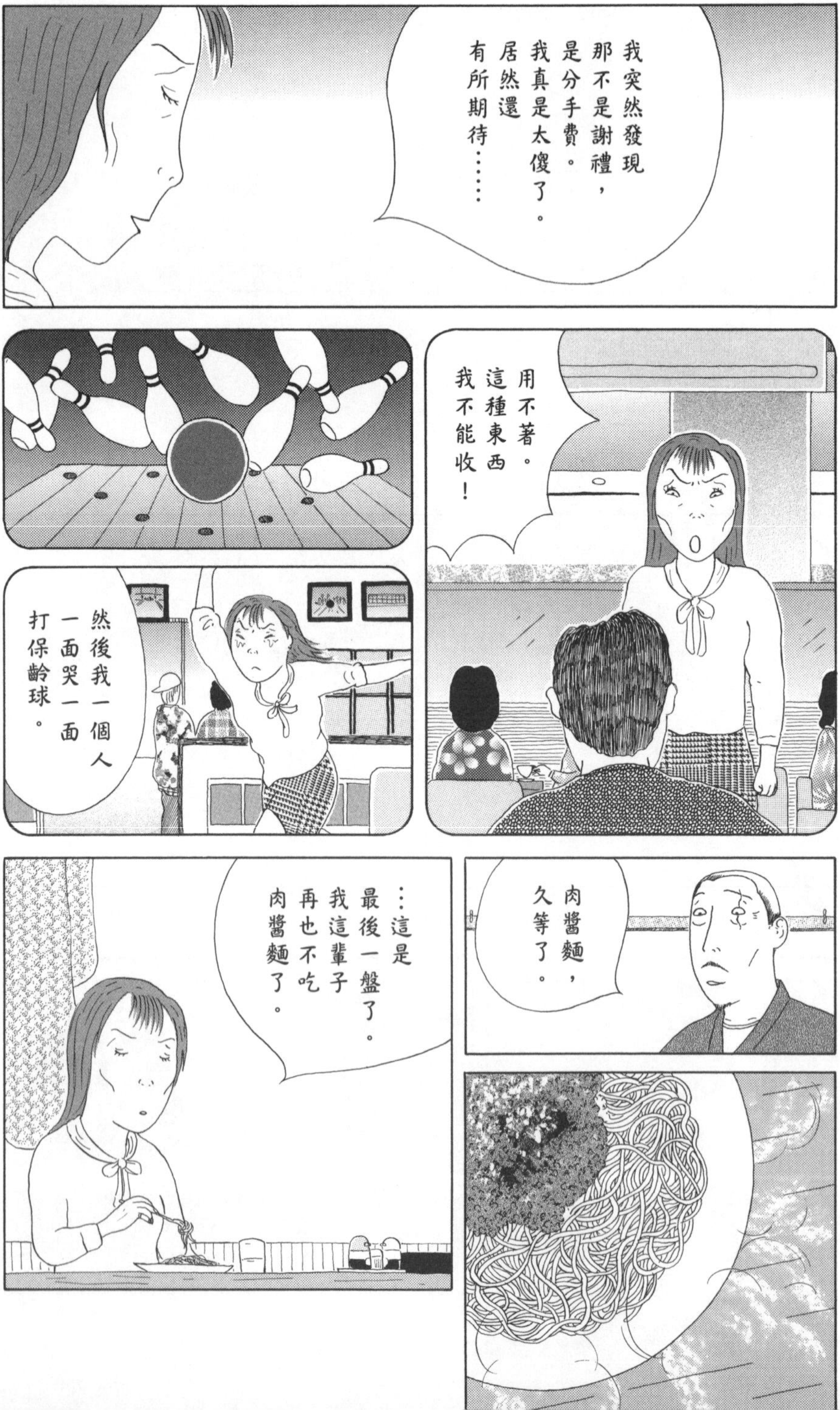
我突然發現那不是謝禮，是分手費。我真是太傻了。居然還有所期待……
用不著。這種東西我不能收！
然後我一個人一面哭一面打保齡球。
肉醬麵，久等了。
……這是最後一盤了。我這輩子再也不吃肉醬麵了。

第61夜◎奶油燉菜
今天該做奶油燉菜…生意做久了，不知怎地就有這種直覺。
めし
老闆，有奶油燉菜嗎？
有，剛做好。

!
喀啦
老闆，有奶油燉菜嗎？
看吧。
於是之後所有進來的客人大家都點奶油燉菜。

為什麼這種天氣就會想吃奶油燉菜呢？
因為暖身子啊！
我覺得是廣告的關係。
廣告上都是下雪的夜晚一家人在一起吃奶油燉菜，不是嗎？
原來如此！我家也是。
……
奶油燉菜的確有那種形象。
「一家團圓」啊。
那時我注意到低著頭獨自一人的鈴木先生。

鈴木先生怎麼啦？
……沒事。
老闆，這好吃。
那就好。
三月底，總是跟鈴木先生一起來的中田很稀奇地自己來了。
鈴木先生在跟女兒約會呢。
哎，鈴木先生有女兒？
別看鈴木先生那樣，他很喜歡去風月場所。十年前老婆受不了，帶著女兒離家出走了。

……所以之前吃奶油燉菜說到全家團圓，他才低著頭啊。
或許吧。他老婆再婚了，現在好像在岡山，而他女兒來東京念大學。
說曹操曹操到……
喀啦
喲。
你女兒如何!?
想看嗎？
想看想看！

很可愛啊！介紹給我吧！
混蛋，誰要把可愛的女兒介紹給你這種泡酒家女的傢伙。
你怎麼這麼說，教我玩樂的師傅不就是鈴木先生你嗎？
別把我跟你相提並論。我們的等級不一樣。
鈴
夏天結束時鈴木先生帶著女兒來了。
爸爸不管怎麼說，都沒人相信他！

周圍的傢伙都認定我是援交的老頭。
沒辦法啊，怎麼看都是援交老頭啊。
就是吧!?哈哈哈。
啊，爸爸，給我一根。
妳抽菸？
嗯，偶爾。
鈴木父女離開後……
……
不愧是鈴木先生的女兒。應該見多識廣吧……

第一年
鈴木先生的女兒
還常常跟他聯絡，
後來好像連電話
都不打了……
您打的電話
已經停止使
用……
似乎就這樣了……
ホテル
HOTEL
SWEET
Royal
東京每日報
Saotome
Kawana
Asako
Fujimo
SPEED出差
嫩妻俱樂
叮咚
!

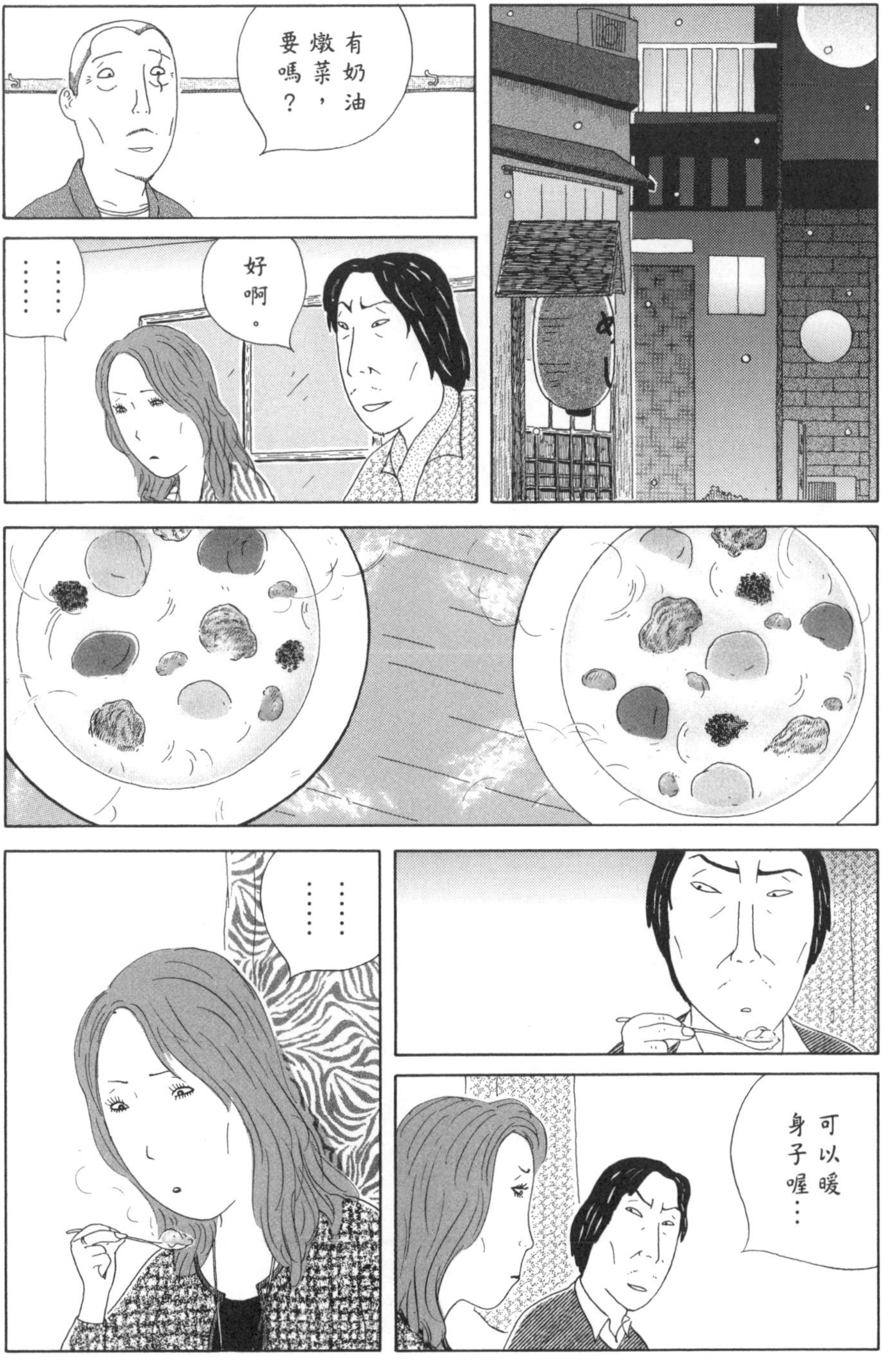
有奶油燉菜，要嗎？
好啊。
……
可以暖身子喔…
……

好燙，爸爸幫我吹吹。
呼—呼—
媽媽的奶油燉菜超好吃的。
…雖然我沒資格說，但別讓妳媽傷心啊…拜託了。
今天該做奶油燉菜吧……

第62夜◎罐頭

有些客人會來店裡點些到處都可以吃到的東西。
我要蒲燒秋刀魚飯。
看吧。
歡迎光臨。
啊，小螢好久不見。
真由美學姊！

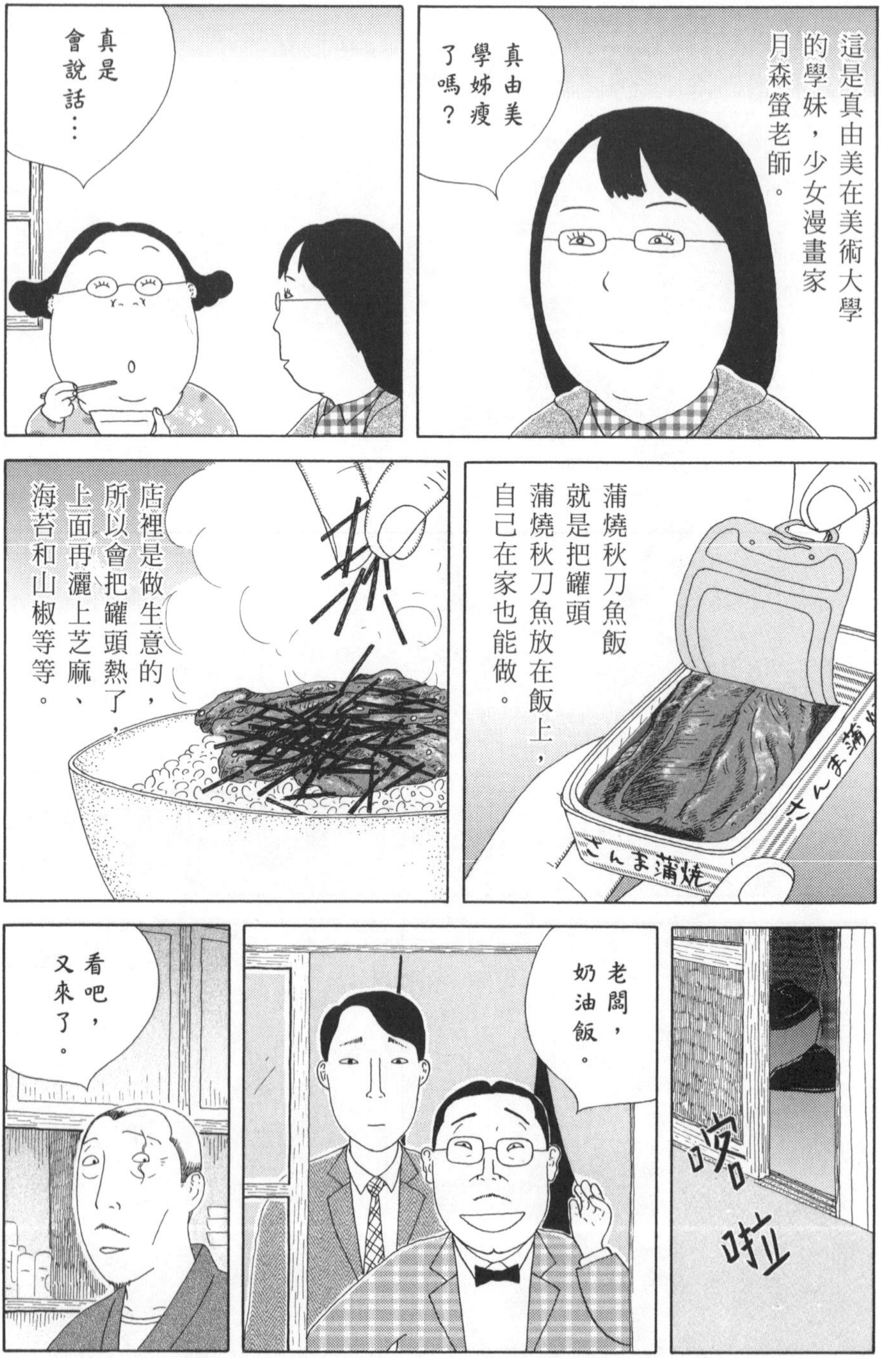
這是真由美在美術大學的學妹，少女漫畫家月森螢老師。
真由美學姊瘦了嗎？
真是會說話…
蒲燒秋刀魚飯就是把罐頭蒲燒秋刀魚放在飯上，自己在家也能做。
さんま蒲焼
店裡是做生意的，所以會把罐頭熱了，上面再灑上芝麻、海苔和山椒等等。
喀啦
老闆，奶油飯。
看吧，又來了。

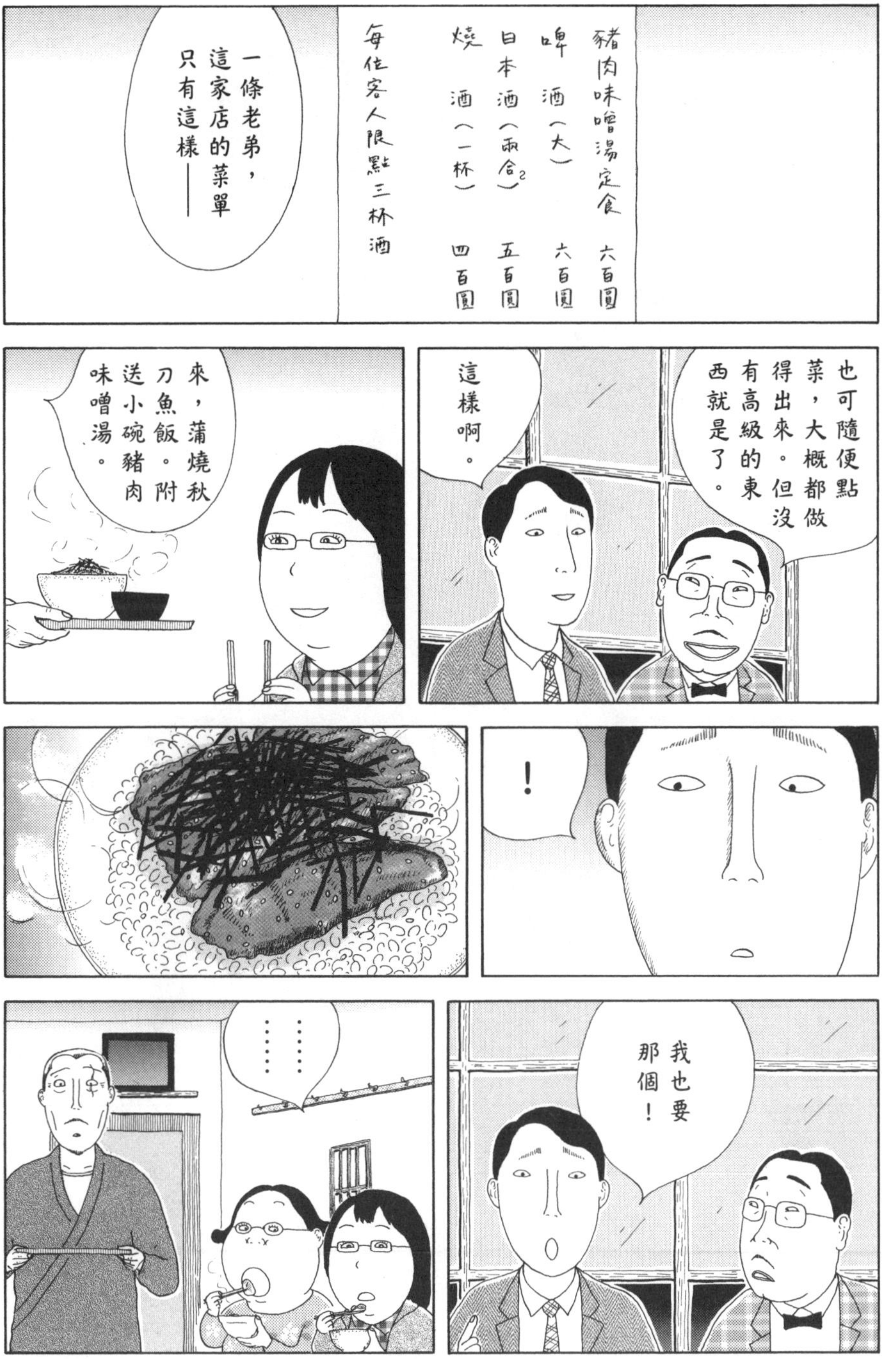
豬肉味噌湯定食 六百圓
啤酒（大） 六百圓
日本酒（兩合）2 五百圓
燒酒（一杯） 四百圓
每位客人限點三杯酒
一條老弟，這家店的菜單只有這樣——
也可隨便點菜，大概都做得出來。但沒有高級的東西就是了。
這樣啊。
來，蒲燒秋刀魚飯。附送小碗豬肉味噌湯。
！
我也要那個！
……
……

2.「合」為日本酒單位，一合為180毫升。

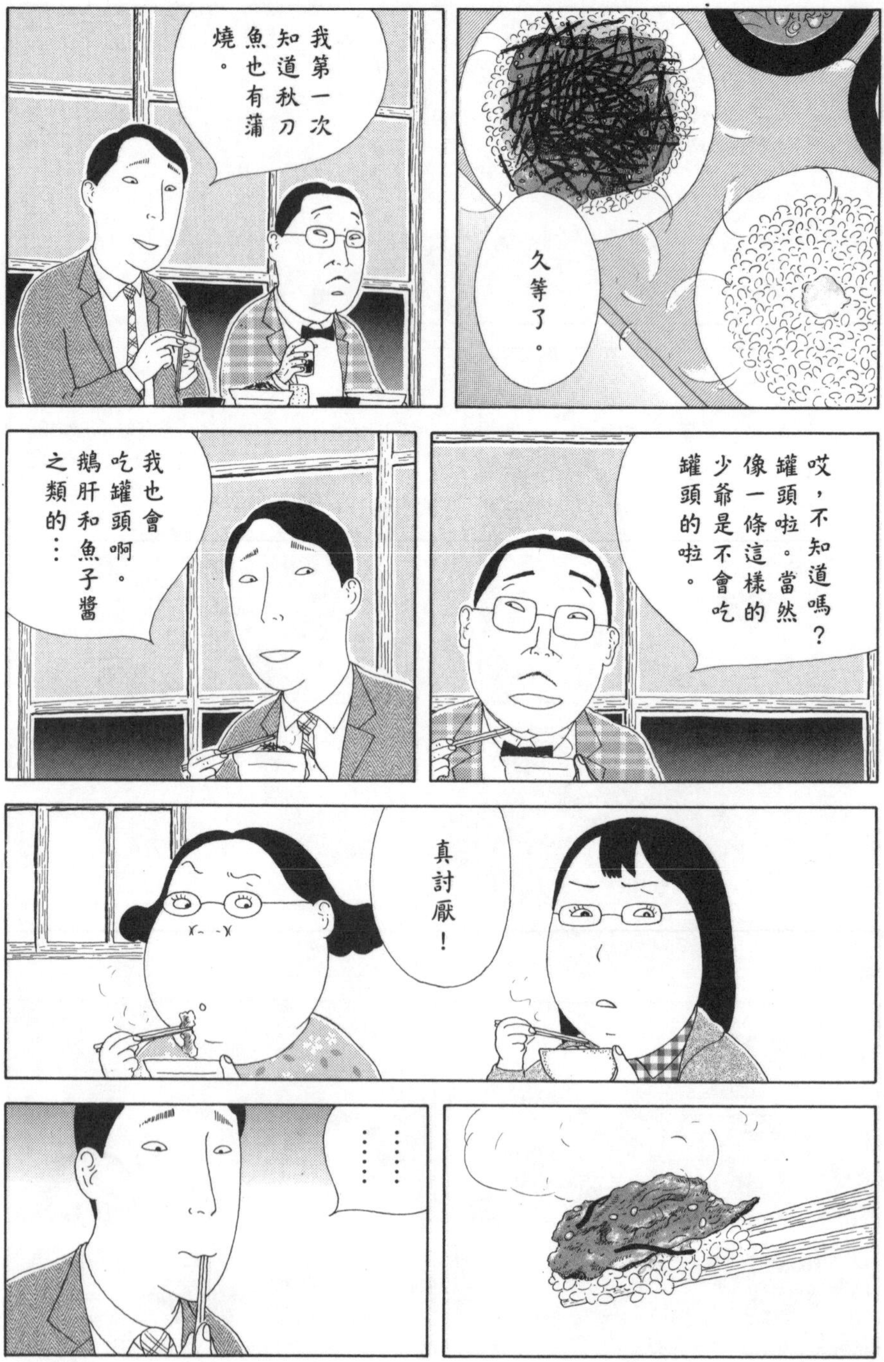
久等了。
我第一次知道秋刀魚也有蒲燒。
哎，不知道嗎？罐頭啦。當然像一條這樣的少爺是不會吃罐頭的啦。
我也會吃罐頭啊。鵝肝和魚子醬之類的⋯⋯
真討厭！
⋯⋯⋯⋯

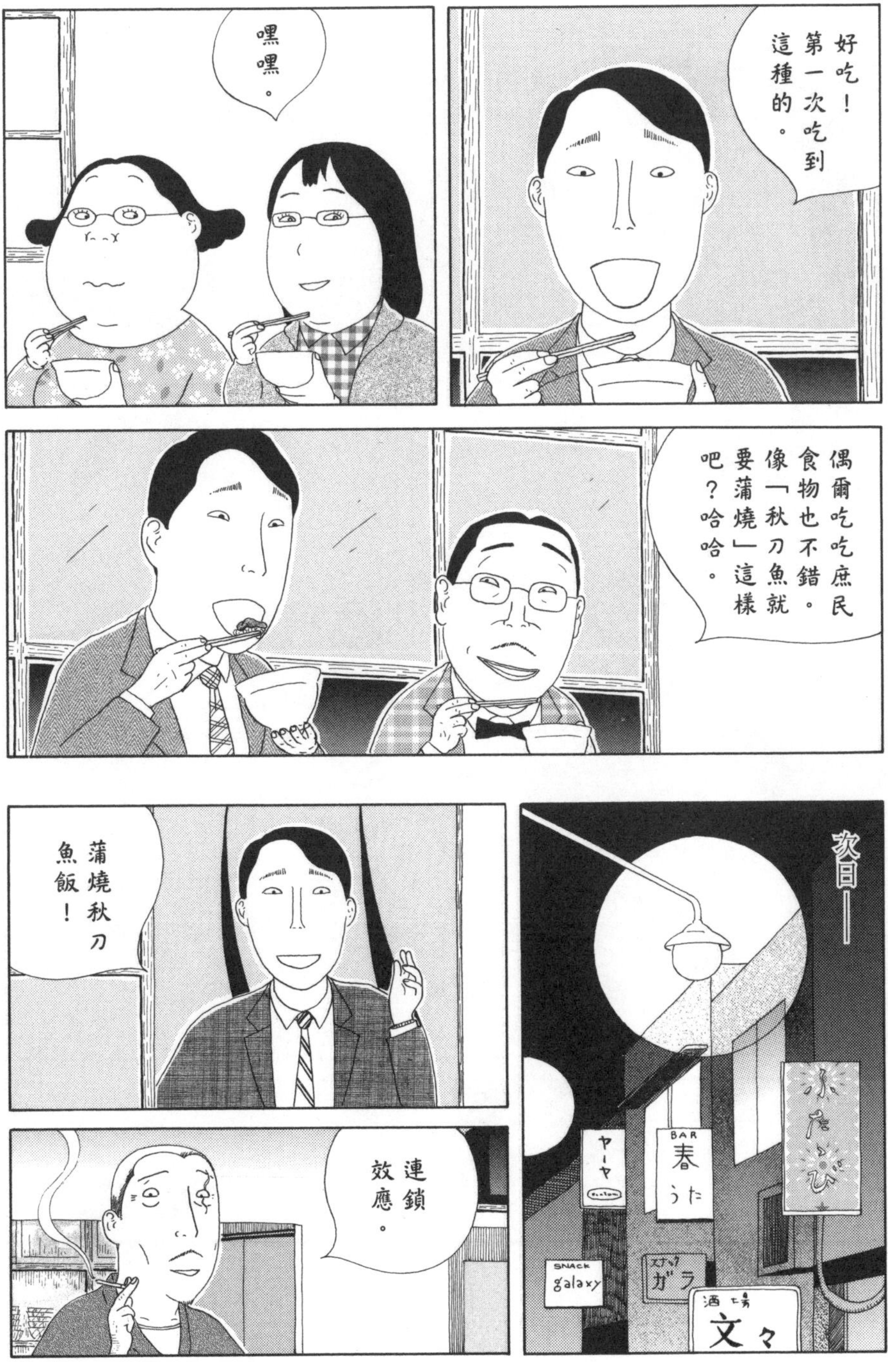
好吃！第一次吃到這種的。
嘿嘿。
偶爾吃吃庶民食物也不錯。像「蒲燒」秋刀魚就要這樣吧？哈哈。
次日——
ふたたび
BAR
春うた
ヤーヤ
SNACK galaxy
ガラ
酒場
文々
蒲燒秋刀魚飯！
連鎖效應。

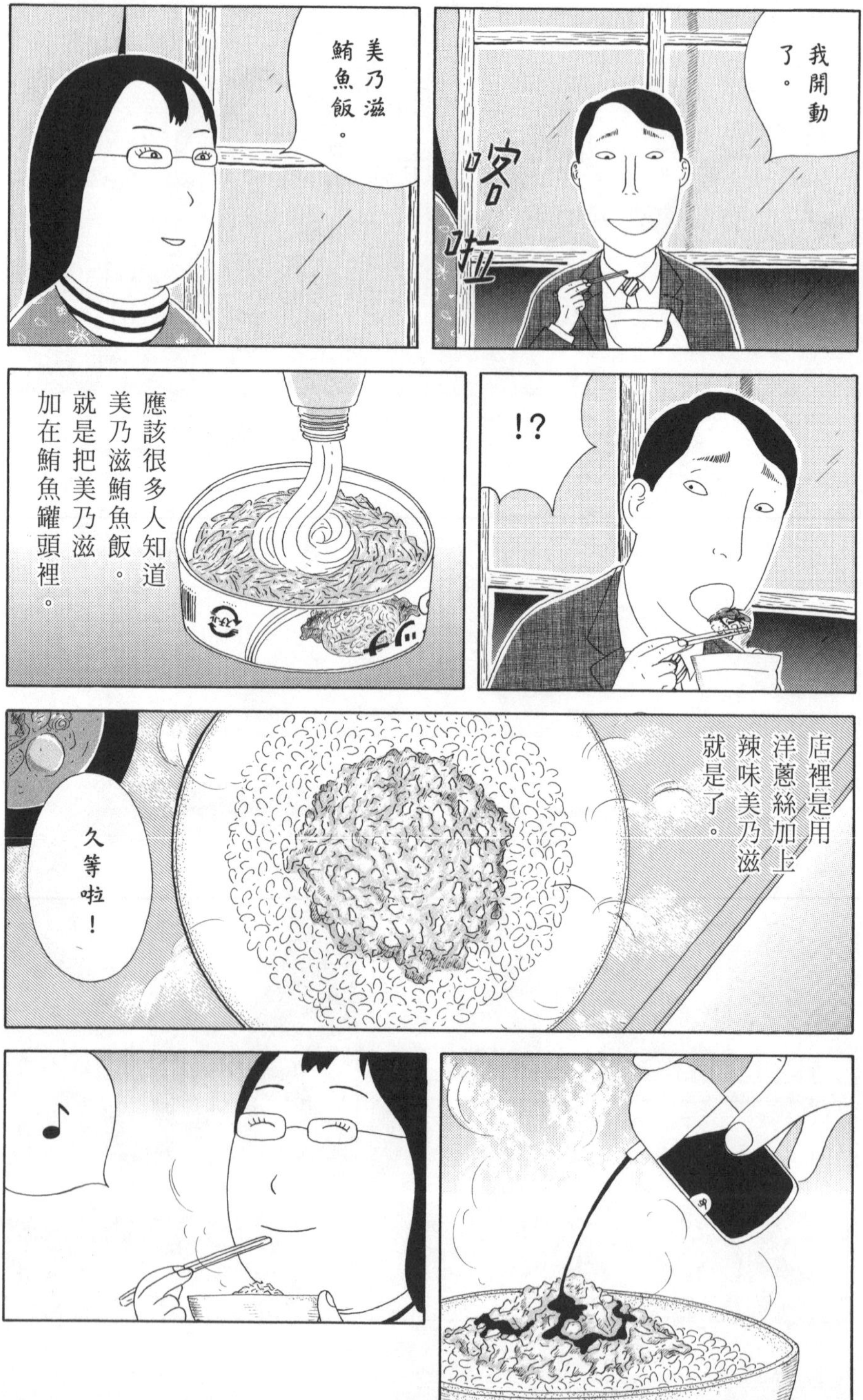
我開動了。
喀啦
美乃滋鮪魚飯。
!?
應該很多人知道美乃滋鮪魚飯。就是把美乃滋加在鮪魚罐頭裡。
店裡是用洋蔥絲加上辣味美乃滋就是了。
久等啦！
♪

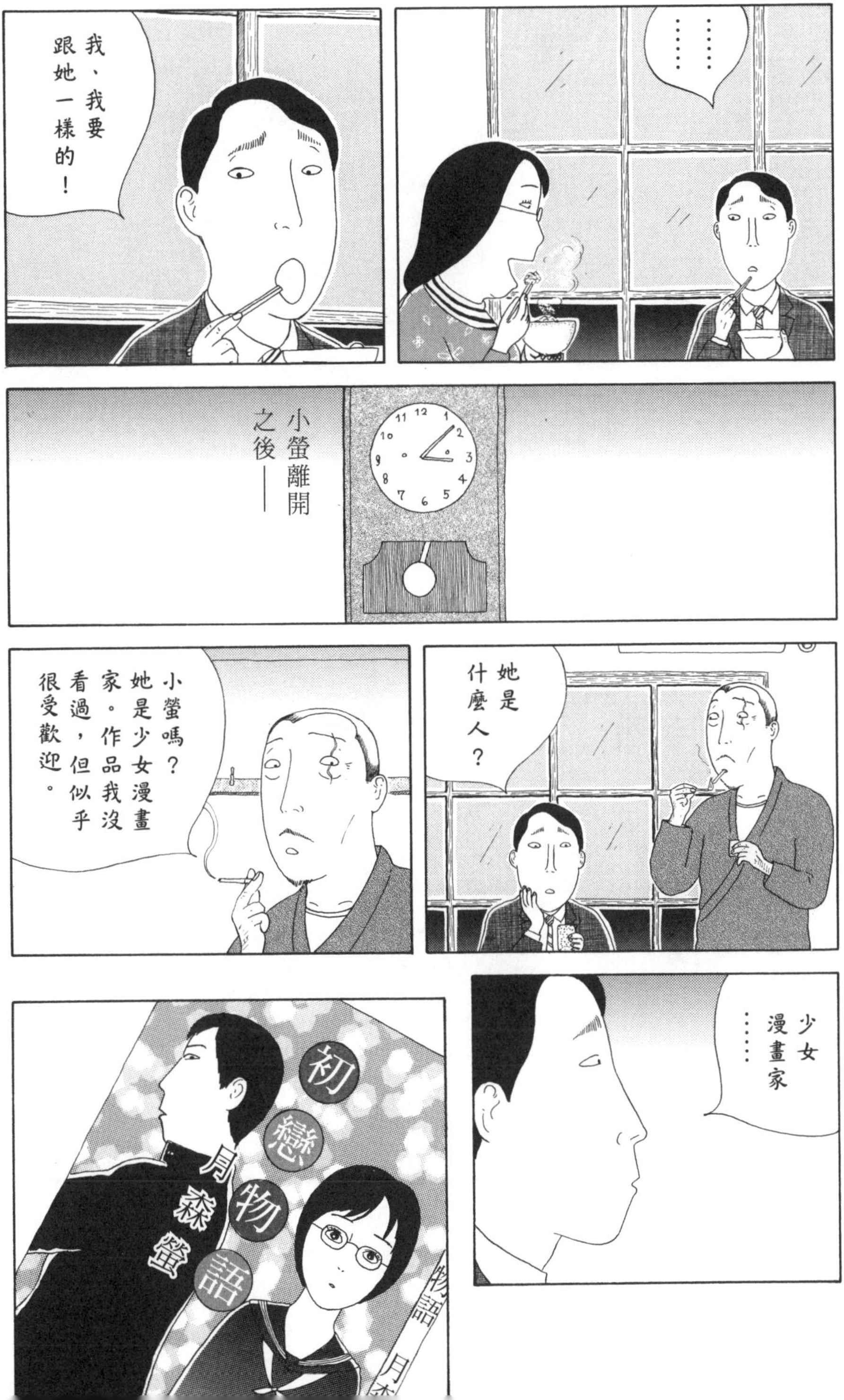
……
……
我、我要跟她一樣的！
小螢離開之後——
她是什麼人？
小螢嗎？她是少女漫畫家。作品我沒看過，但似乎很受歡迎。
少女漫畫家……
初戀物語
月森螢

再見。
啊…
最近一條先生每天都來……
めし
螢小姐最近都沒來…
啊，截稿日期快到了吧。十號之後會來的。
！
十號——

炒鹹牛肉加荷包蛋。
還要茶泡飯。
把蛋黃跟鹹牛肉混在一起，出乎意料地好吃。
剩下的鹹牛肉多加點醬油做茶泡飯，也好吃得不可思議。
……
我、我也要同樣的！
學人精。

啊，那個～～
不好意思打擾妳吃飯，請妳收下這個。
咦？
我在網路上查過了。螢小姐，生日快樂。
那時候小螢的臉微微紅了，沒逃過我的眼睛。
謝謝……
兩人就這樣結為佳偶。
婚宴好像非常盛大
真由美在婚宴之後到店裡來，一面吃鹹牛肉茶泡飯，一面抱怨。
罐頭的吃法明明都是我教她的說……

第63夜◎泡菜豬肉
那是每兩三年必定會看見一次的光景……
啊!?
大家好。
真由美瘦了呢~

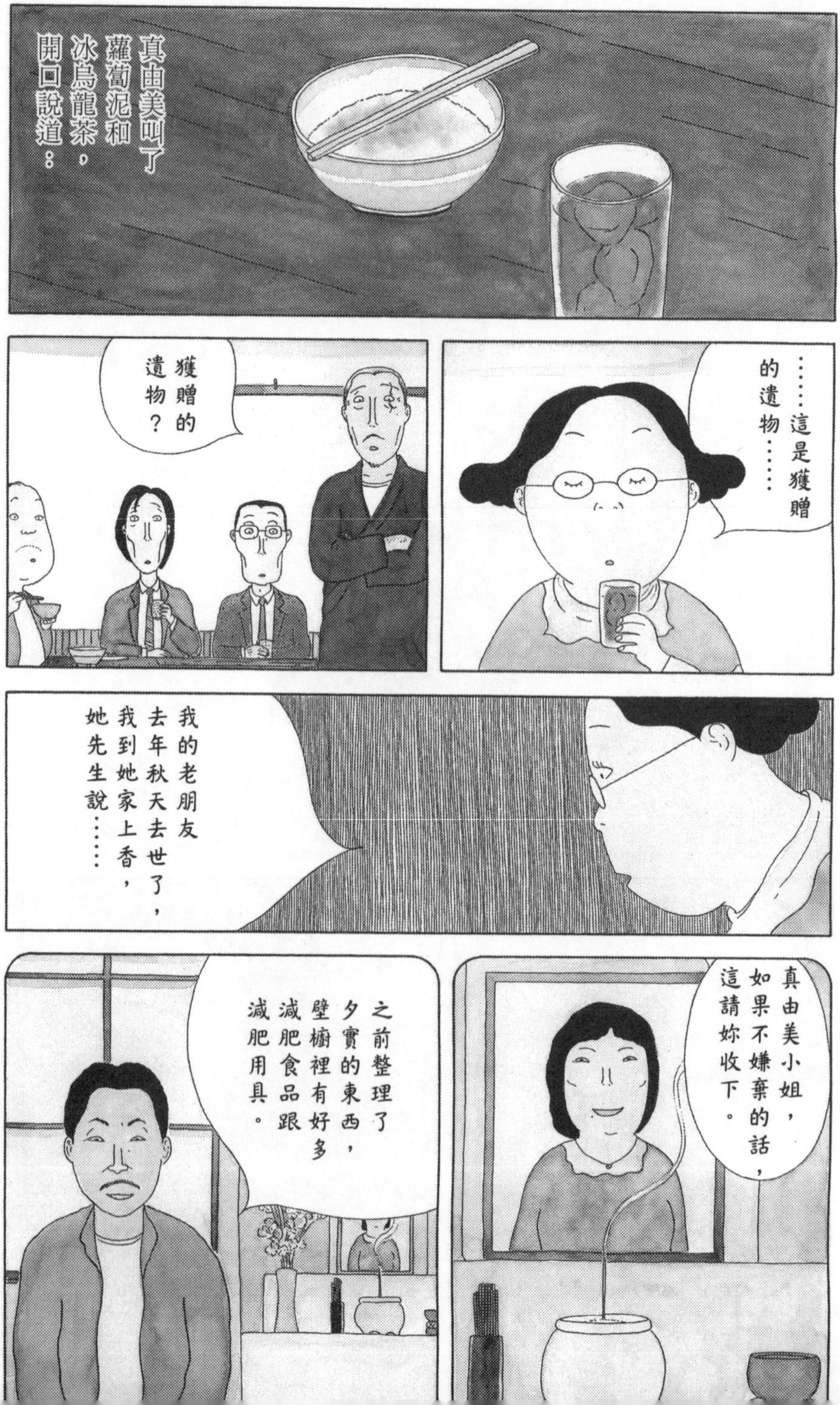
真由美叫了蘿蔔泥和冰烏龍茶，開口說道：
……這是獲贈的遺物……
獲贈的遺物？
我的老朋友去年秋天去世了，我到她家上香，她先生說……
真由美小姐，如果不嫌棄的話，這請妳收下。
之前整理了夕實的東西，壁櫥裡有好多減肥食品跟減肥用具。

減肥食品都是吃了三分之一就放棄了⋯⋯夕實就是這樣。
說減肥成功要買可愛的衣服。
所以這次我絕對要瘦，連夕實的份一起減！
哎～～
喀啦

泡菜豬肉。
想起來這應該是真由美復胖的前奏也說不定。
！
泡菜豬肉……
泡菜豬肉……
泡菜豬肉……
真由美也要泡菜豬肉嗎？
不要！
來，泡菜豬肉。
……
……

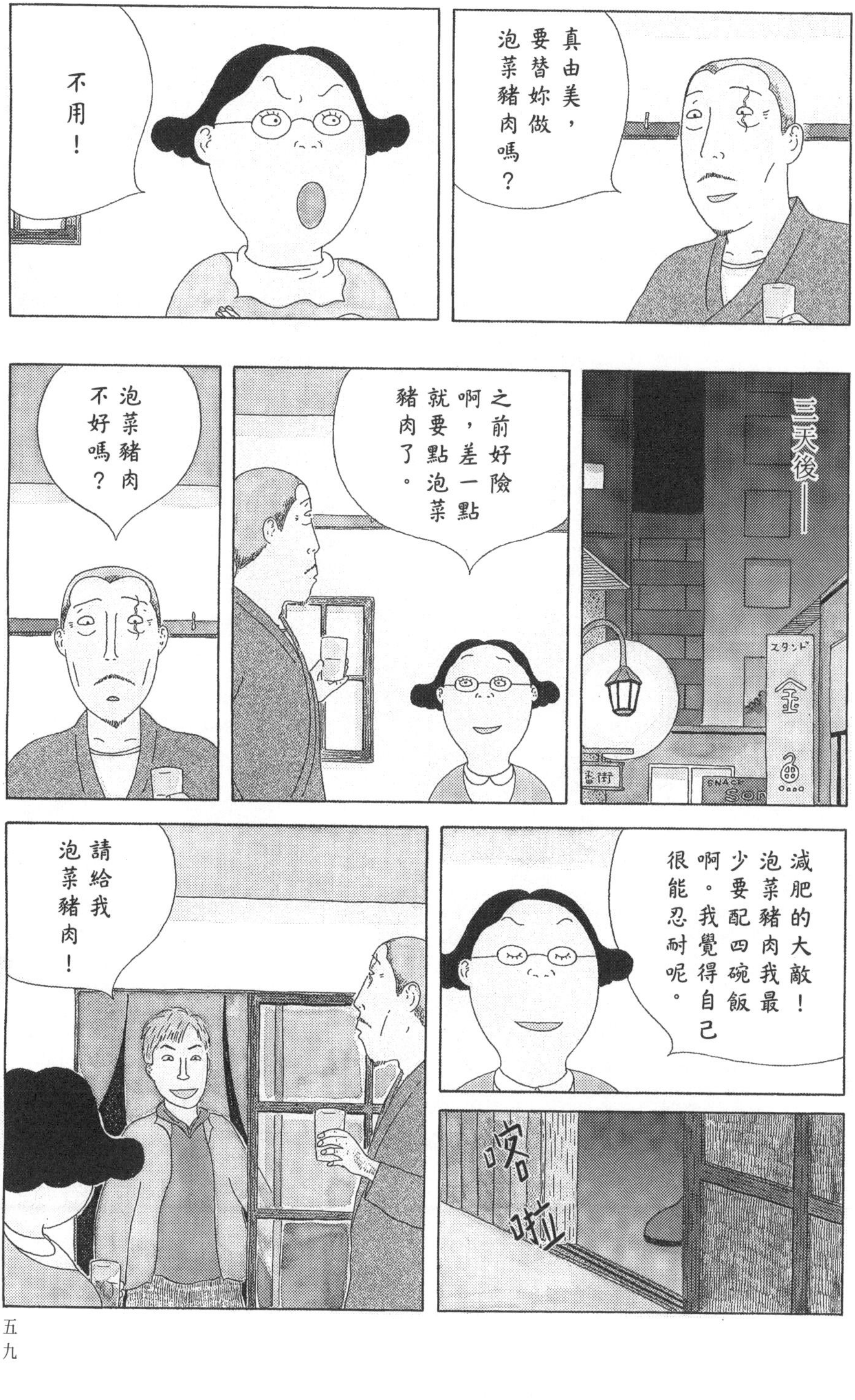
真由美，要替妳做泡菜豬肉嗎？
不用！
三天後——
之前好險啊，差一點就要點泡菜豬肉了。
泡菜豬肉不好嗎？
減肥的大敵！泡菜豬肉我最少要配四碗飯啊。我覺得自己很能忍耐呢。
喀啦
請給我泡菜豬肉！

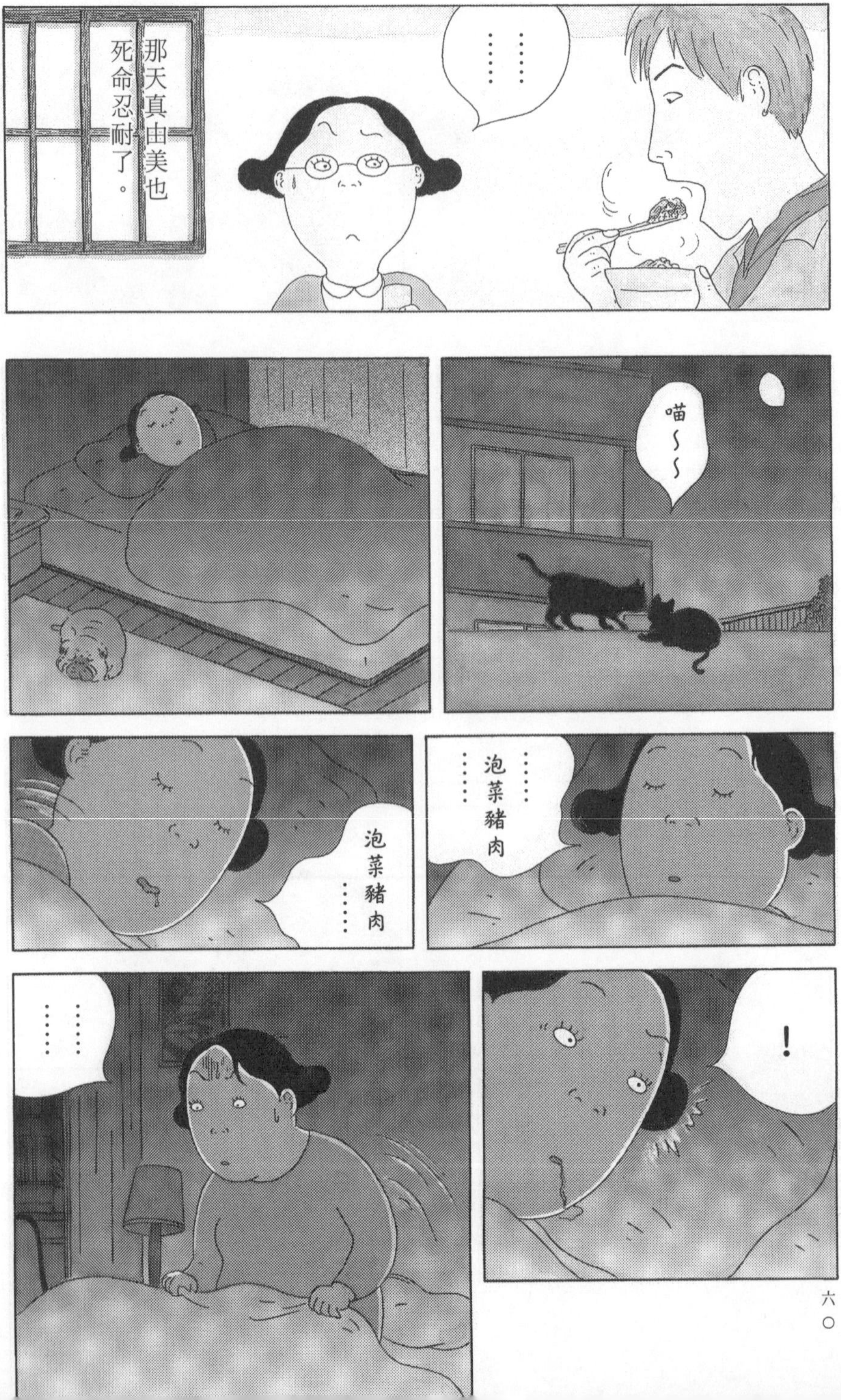
……
那天真由美也
死命忍耐了。
喵～～
……泡菜豬肉……
泡菜豬肉……
!
……

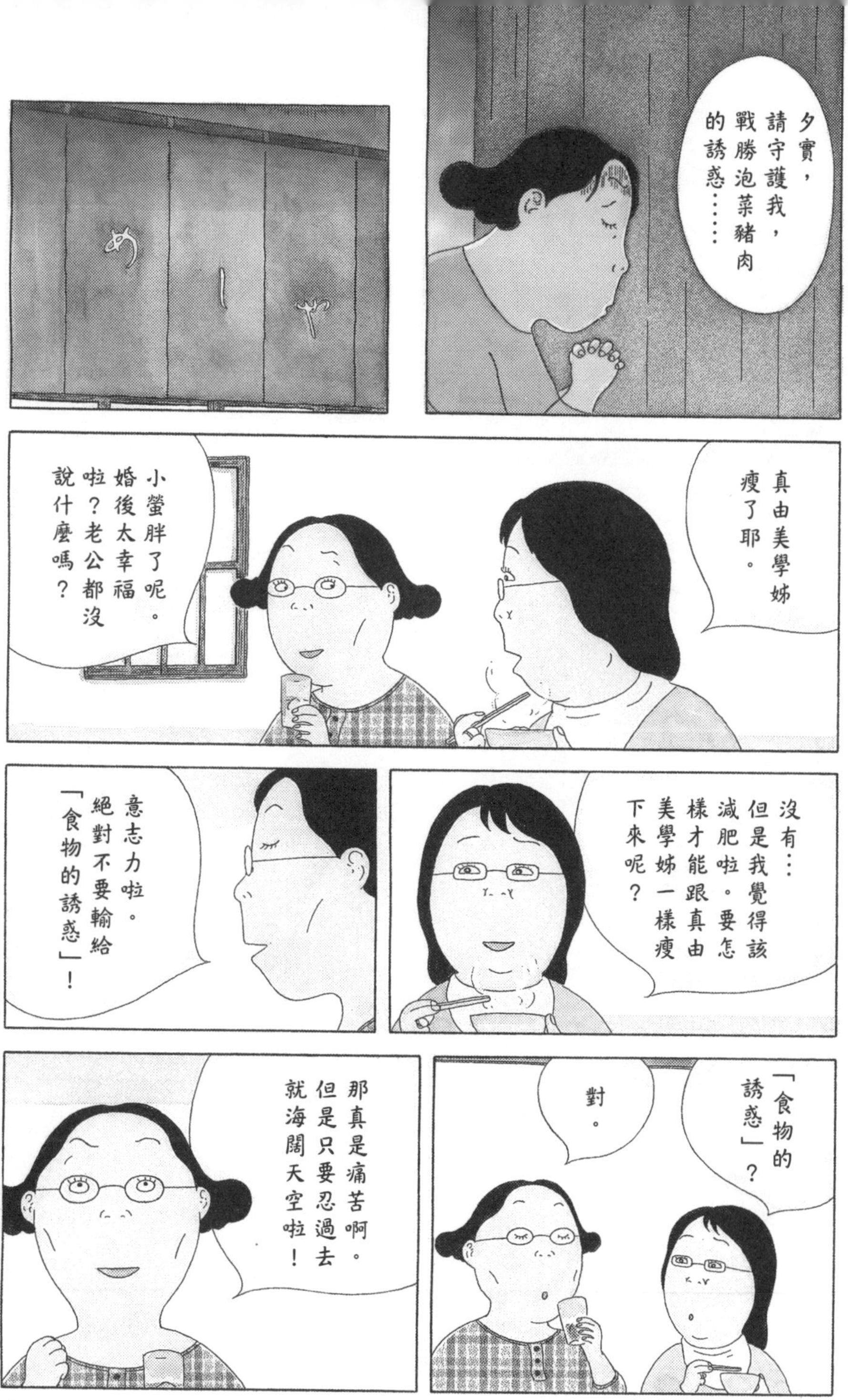
夕實，請守護我，戰勝泡菜豬肉的誘惑……
めしや
真由美學姊瘦了耶。
小螢胖了呢。婚後太幸福啦？老公都沒說什麼嗎？
沒有…但是我覺得該減肥啦。要怎樣才能跟真由美學姊一樣瘦下來呢？
意志力啦。絕對不要輸給「食物的誘惑」！
「食物的誘惑」？
對。
那真是痛苦啊。但是只要忍過去就海闊天空啦！

真由美學姊忍過去了吧？
是啦。
大家好。
歡迎光臨。
我要泡菜豬肉。
!?
我也要泡菜豬肉。
我也是。
大盤泡菜豬肉。
真由美學姊，妳怎麼了？

不行~~~！
我忍不住了!!
♪
真由美……
……真由美……
驚

夕實!?
對不起，我、我……
嘻嘻。
真由美跟我一樣。我最喜歡妳這一點了。
不要勉強啦。妳愛怎麼吃都可以，但不要很快就來這裡喔。要連我的份一起活下去。
夕實……
!?
因此——
今晚真由美也開懷大吃。
再來一份。

第64夜◎快餐

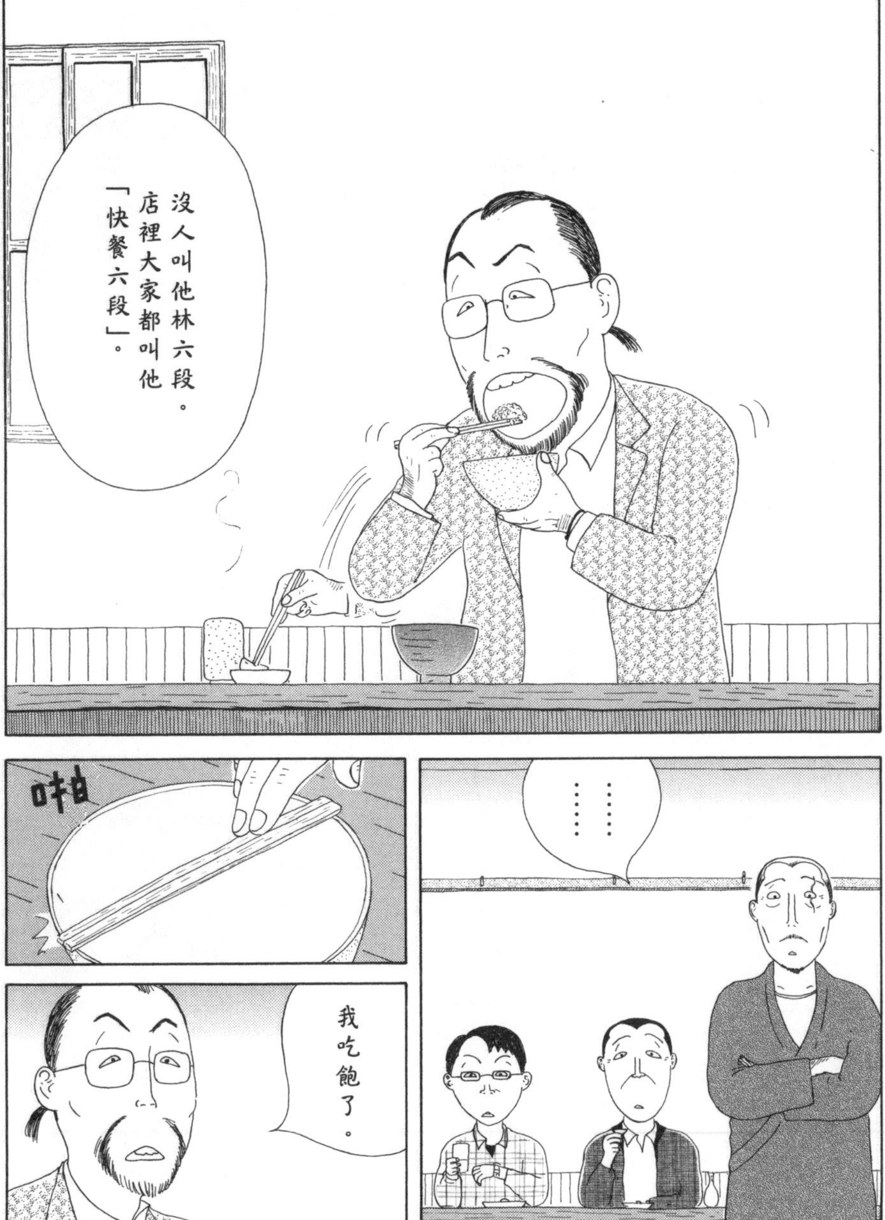
沒人叫他林六段。
店裡大家都叫他
「快餐六段」。
啪
我吃飽了。
……
……

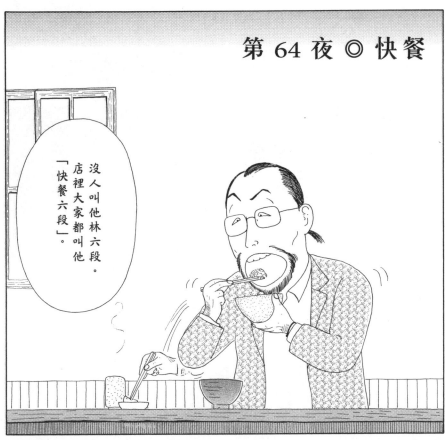

嗝!
BAR
一番館
サキコ
みち
B面
今天也很快。
菜端上來到他吃完共三分四十七秒。
從他進來到出去,不到十分鐘。
今天八成輸了。將棋輸了的時候他吃得更快⋯⋯
對,林六段是職業棋士。
有天晚上——
めし
大家好。

歡迎光臨。
這是我入門弟子長澤陽，將來的名人候補。
……
喔。
快打招呼啊。
……大、大家好。
不是這樣吧？應該是「大家好，初次見面，請多關照」吧！
大家好，初次見面，請多關照。

他怕生，大家多擔待吧。
我要豬肉味噌湯定食，你要什麼？
……
點喜歡的東西吧。這裡只要點菜都可以替你做。
……跟老師一樣的就好。
不要叫我老師。
老闆，豬肉味噌湯定食兩份。

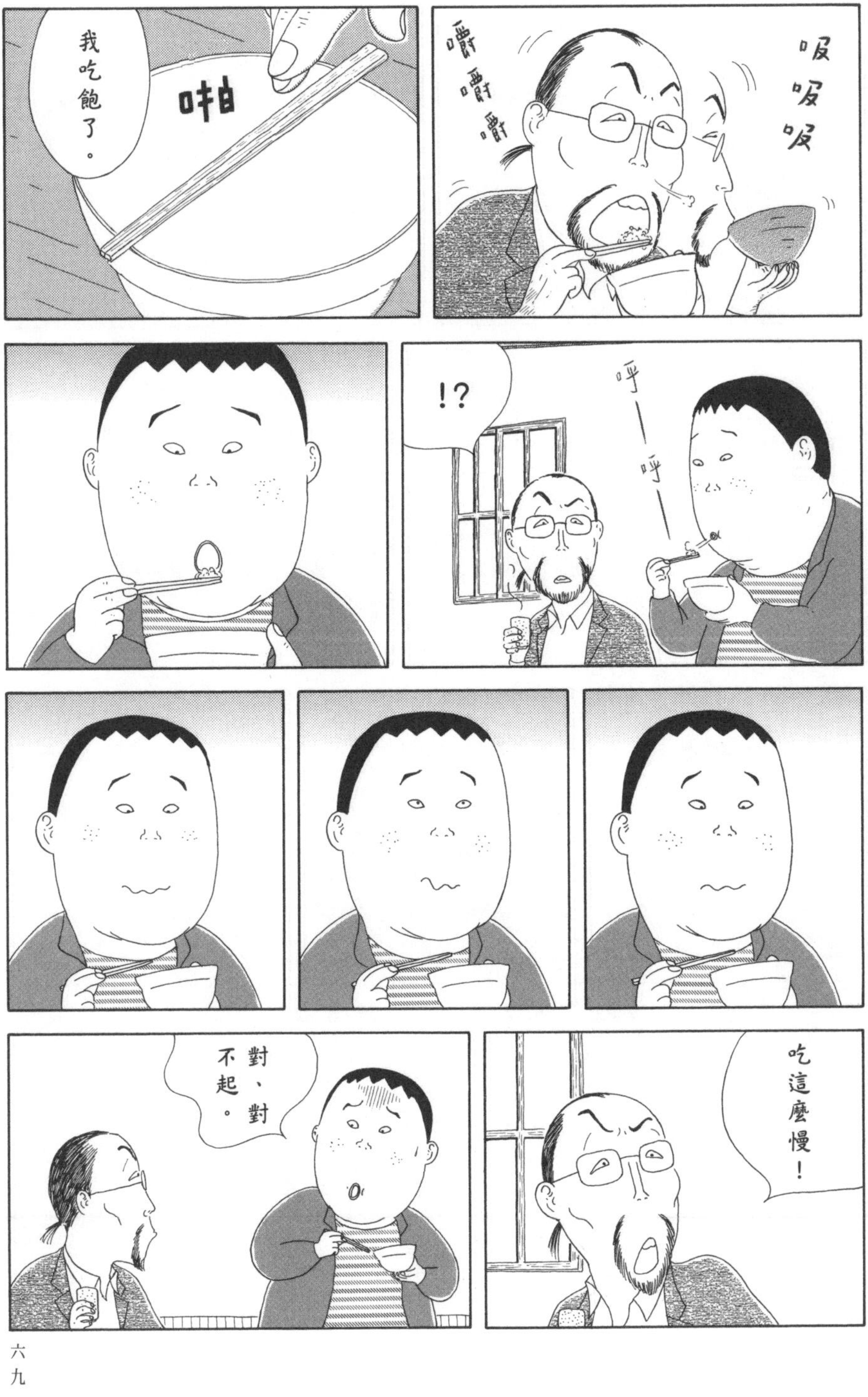
吸吸吸
嚼嚼嚼
我吃飽了。
啪
!?
呼—呼—
吃這麼慢！
對、對不起。

沒關係，細嚼慢嚥比較好。像六段那樣，都不知道吃下去的是什麼啦。
多管閒事。隨便你愛怎麼吃就怎麼吃啦。
……話雖如此……
咚
咚
咚
快餐六段坐立難安地等他吃完。
師徒離開後……
快餐六段今天花了平常五倍的時間。
那個徒弟沒問題吧？
單口相聲裡有個叫「長短」的段子。急驚風跟慢郎中，性格相反的人出乎意料地很合拍呢。

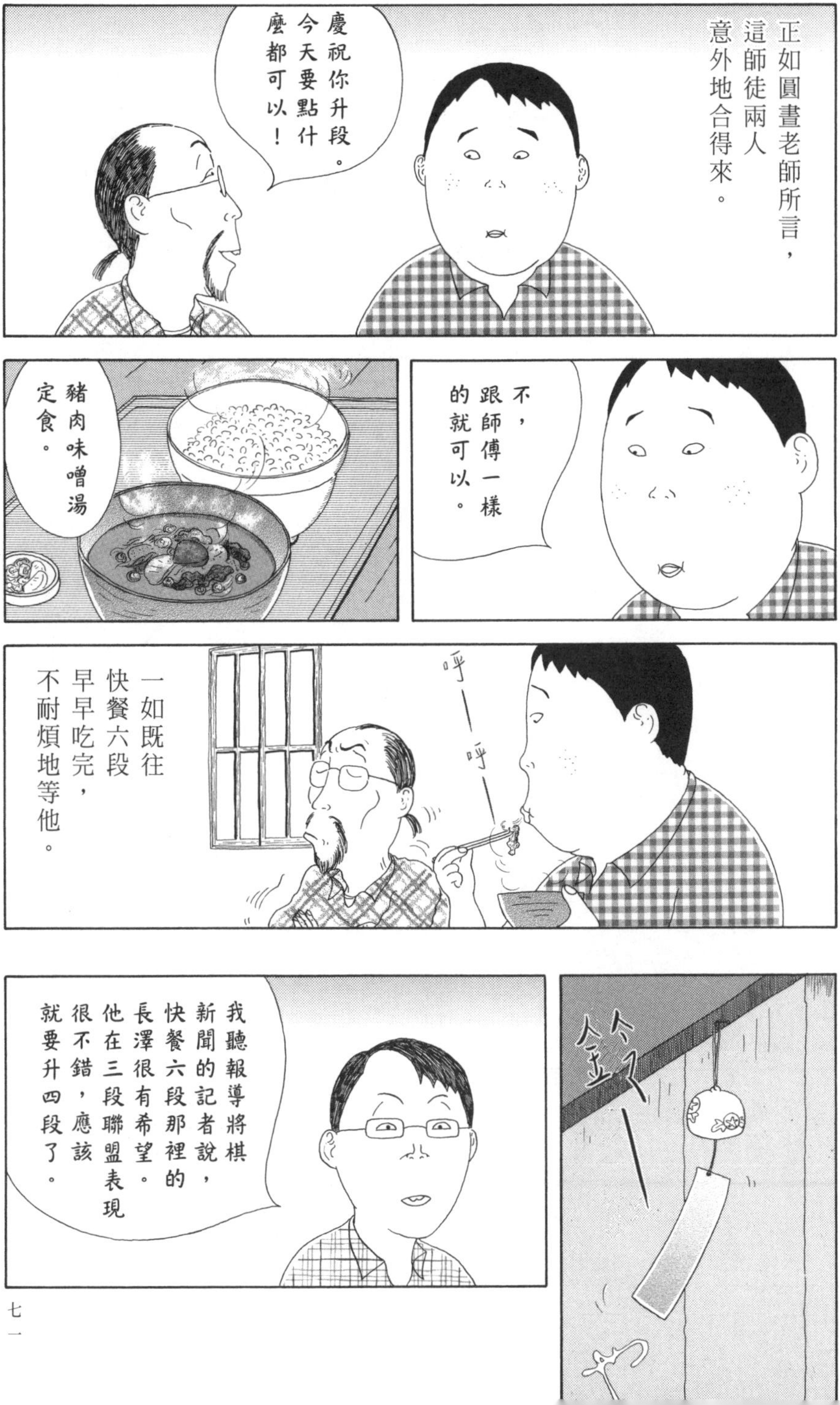
正如圓畫老師所言，這師徒兩人意外地合得來。
慶祝你升段。今天要點什麼都可以！
不，跟師傅一樣的就可以。
豬肉味噌湯定食。
呼——呼——
一如既往快餐六段早早吃完，不耐煩地等他。
鈴ㄟ—
我聽報導將棋新聞的記者說，快餐六段那裡的長澤很有希望。他在三段聯盟表現很不錯，應該就要升四段了。

他身世很可憐，單身的快餐六段收留他、照顧他。
他除了將棋以外什麼也不會，每天食衣住行都是六段在做。
哎……
長澤一直到三段表現都很好，但之後表現不佳，一直都停留在三段。
我輸了。
有一年冬天──
一個人嗎？長澤呢？
……我讓他一個人住了。一直跟我在一起他永遠也升不上四段。

豬肉味噌湯定食
啤酒（大） 六百圓
日本酒（兩合） 五百圓
燒酒（一杯） 四百圓
喀啦
師傅，讓我跟你一起住吧……
我會自己煮飯洗衣服，什麼都會做……
我最討厭你這種遲鈍的傢伙啦，快滾！

六段離開後，
長澤一面哭，一面
吃了豬肉味噌湯定食。
春天——
新四段棋士誕生
長澤陽冬
大器晚成
長澤陽四段
(25歲)
林先生非常高興吧！
他比長澤哭得還厲害呢。
在這之後快餐六段吃飯速度稍微慢了點。
我想是託了長澤送他的筷子之福吧。

清晨1時

第65夜◎咖哩烏龍麵
星先生一喝醉，跟什麼人都能變好朋友，這回他又帶外國人到店裡來了。
喲！
歡迎光臨。
給印度朋友拉吉先生一碗咖哩烏龍麵！

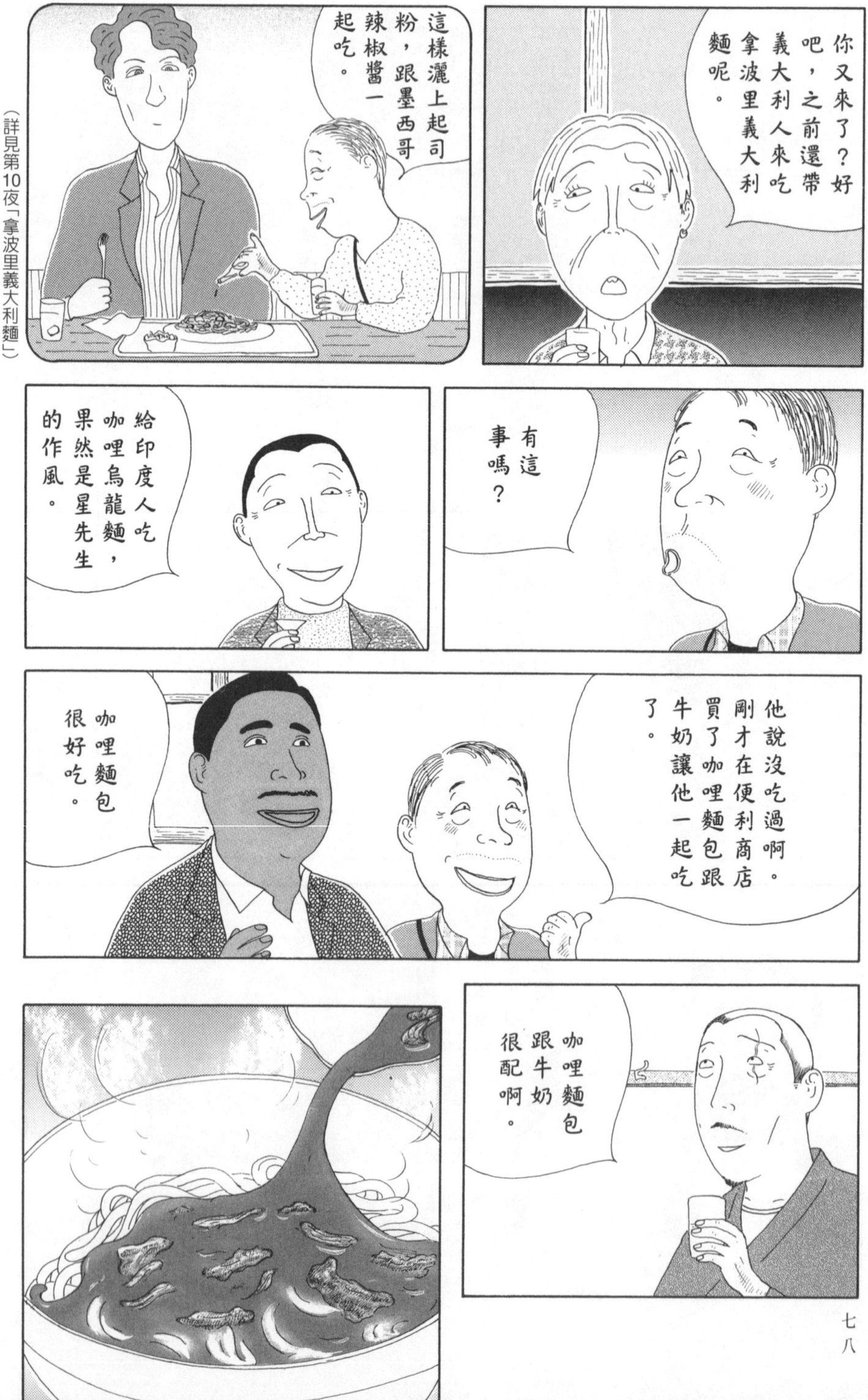
你又來了？好吧，之前還帶義大利人來吃拿波里義大利麵呢。
這樣灑上起司粉，跟墨西哥辣椒醬一起吃。
（詳見第10夜「拿波里義大利麵」）
有這事嗎？
給印度人吃咖哩烏龍麵，果然是星先生的作風。
他說沒吃過啊。剛才在便利商店買了咖哩麵包跟牛奶讓他一起吃了。
咖哩麵包很好吃。
咖哩麵包跟牛奶很配啊。

咖哩烏龍麵久等了。
這是日本的咖哩烏龍麵！
喔。
我開動了。
呼ー
呼ー
嘶
嘶
嘶
如何？
很好吃。

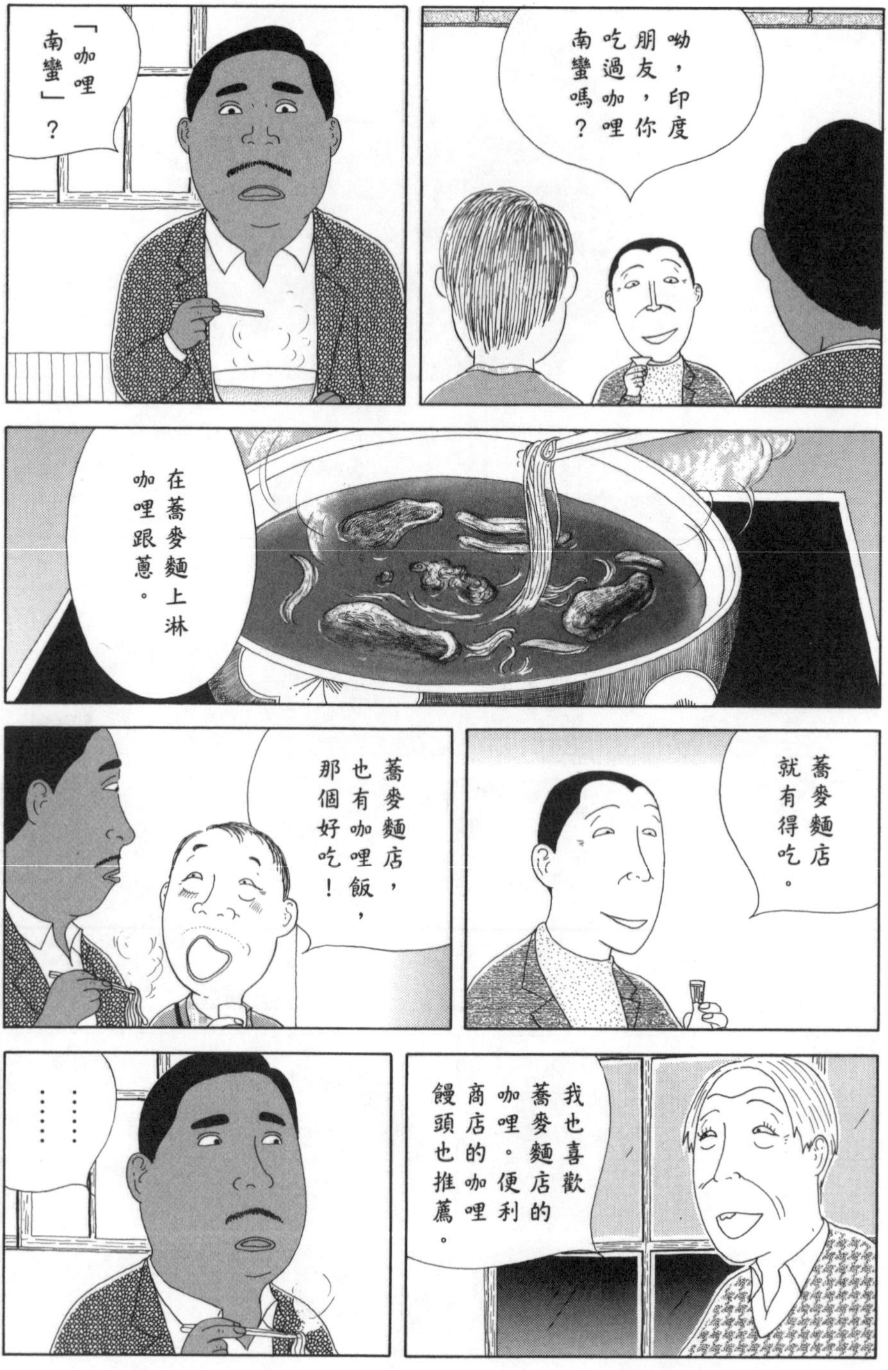
喲，印度朋友，你吃過咖哩南蠻嗎？
「咖哩南蠻」？
在蕎麥麵上淋咖哩跟蔥。
蕎麥麵店就有得吃。
蕎麥麵店，也有咖哩飯，那個好吃！
我也喜歡蕎麥麵店的咖哩。便利商店的咖哩饅頭也推薦。
……

……日本人真的很喜歡咖哩啊！
次日——
めし
「Curry烏龍麵」兩碗。
「Curry烏龍麵」啊，不愧是印度人。
我跟朋友說了，他也想吃吃看。
三天後——

一週後——
BAR
都忘れ
系
詩
!?
這是怎麼回事啊!?
印度的客人離開後——
我好像闖禍啦。
沒事，他們只是好奇而已。過了就不來啦。印度的咖哩比較深奧啊。

果然，熱潮退了後，印度客人就不來了。
大家好。
喲，好久不見。要咖哩烏龍麵嗎？
今天不要了。我要炸雞和啤酒。
果然咖哩烏龍麵不合印度人的口味啊。
雖然很好吃但是膩了。烏龍麵總覺得少了什麼。
烏龍麵哪有少什麼。

!?
烏龍麵哪有少什麼！
豬肉味噌湯定食
烏龍麵是我們讚岐人的驕傲，你有哪裡不滿意？
惠子媽媽經營一家小酒館，但她喝了酒就會發酒瘋。
喂，
惠子媽媽‥‥別這樣。
什麼都不懂，在那裡說什麼大話！
我讓你嚐嚐真正的烏龍麵！
老闆，有麵粉嗎？烏龍麵粉！
有有。

接下來非常精彩。
我可是烏龍麵店的女兒。
……
……
怎麼啦？
你們看見啦，可以吃到非常好吃的讚岐烏龍麵喔。

然後……
好吃～～!!
Great!
怎樣，這可是正宗的烏龍麵喔！
Great!!妳太厲害了。
……
……
後來怎樣了？拉吉先生回印度去開了一家Curry烏龍麵店。
跟惠子媽媽一起。
CURRY UDON
CURRY U
UD
CURRY
UDON
CURRY
UDON
N

第66夜◎芝麻菠菜

看到那個我就想起松倉先生。
我也是。
松倉是誰？
我們公司的磨芝麻[3]器。
他是我們上司。大橋部長跟董事長的女兒再婚後，他就拚命逢迎拍馬屁。
像金魚糞一樣，緊跟在部長屁股後面，拚命搖尾巴。
評價真差啊……
喀啦
說著說著這兩人就來了。
！

3.磨芝麻：日文俗語，意指逢迎拍馬屁。

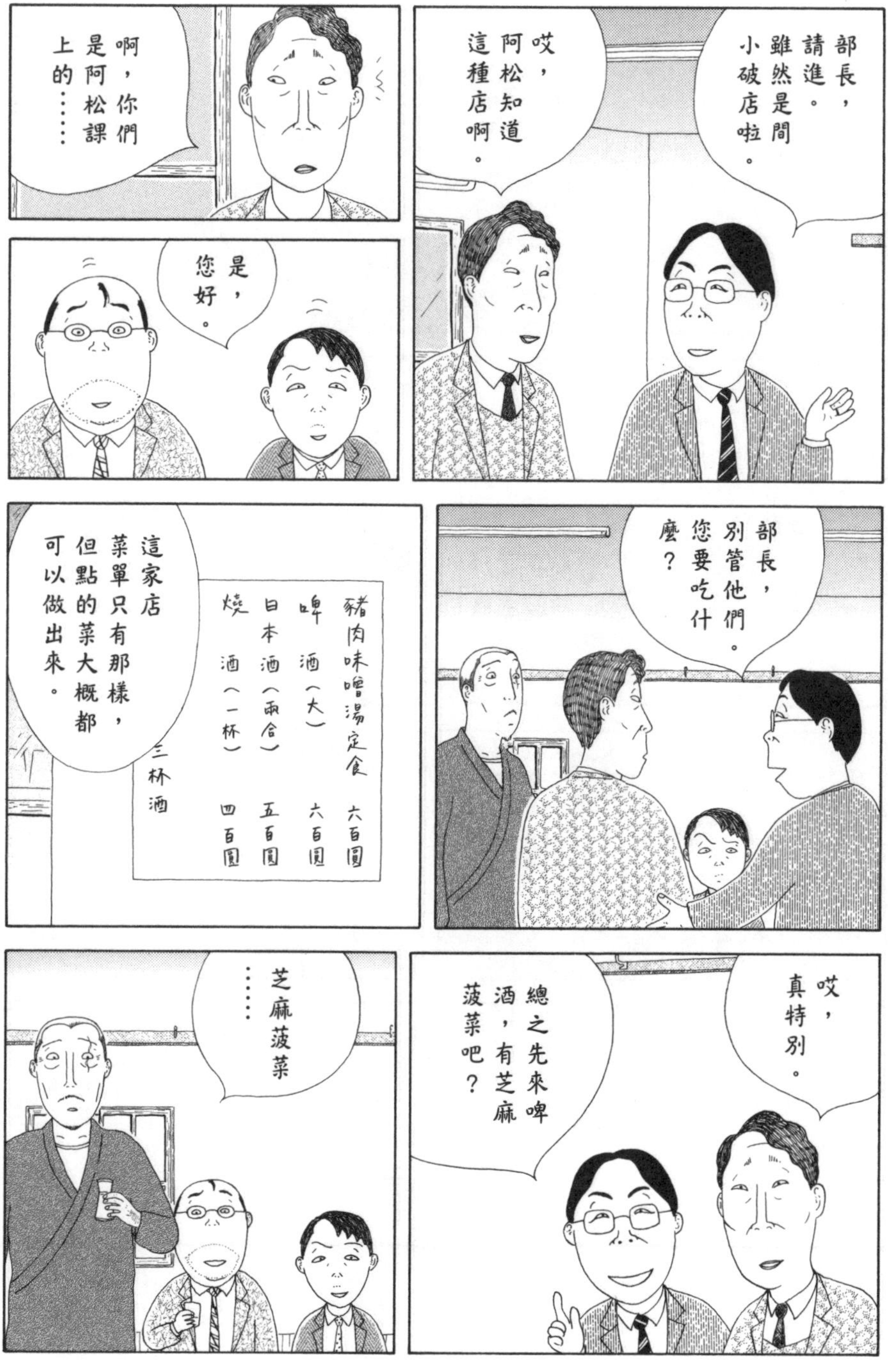
部長，請進。雖然是間小破店啦。
哎，阿松知道這種店啊。
啊，你們是阿松課上的……
是，您好。
部長，別管他們。您要吃什麼？
這家店菜單只有那樣，但點的菜大概都可以做出來。
豬肉味噌湯定食 六百圓
啤酒（大） 六百圓
日本酒（兩合） 五百圓
燒酒（一杯） 四百圓
三杯酒
哎，真特別。
總之先來啤酒，有芝麻菠菜吧？
芝麻菠菜……

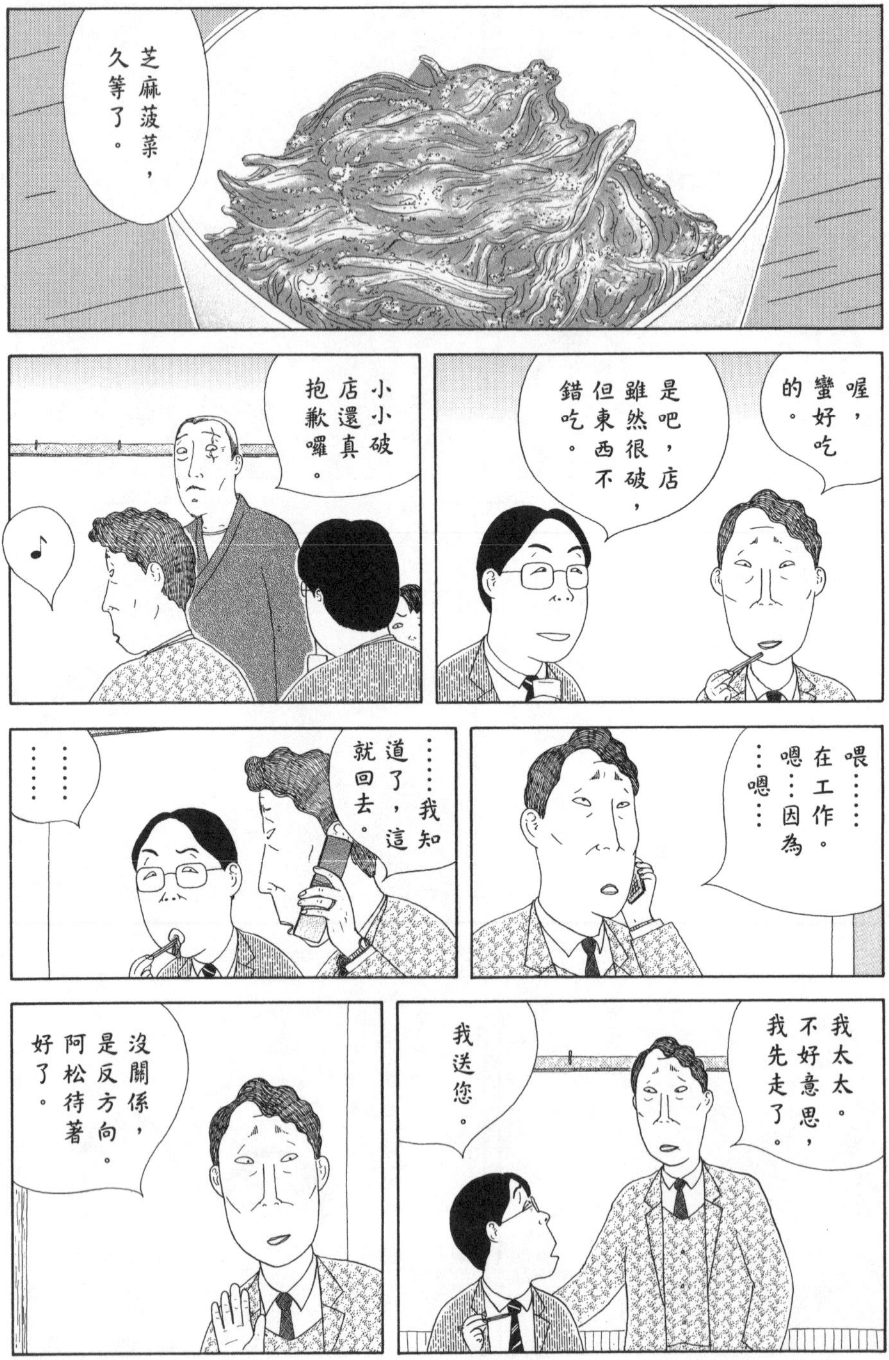
芝麻菠菜，久等了。
喔，蠻好吃的。
是吧，店雖然很破，但東西不錯吃。
小小破店還真抱歉囉。
♪
喂……在工作。嗯……因為……嗯……
……我知道了，這就回去。
……
我太太。不好意思，我先走了。
我送您。
沒關係，是反方向。阿松待著好了。

大河
SOS
カラオケ
P
您辛苦了。
老闆，松倉先生常來嗎？
不，第一次來。
他怎麼知道這裡啊？
……啊!?
上次他在廁所問我知不知道新宿有什麼好店。
真是～沒想到你們會在這裡。
是我告訴你的不是嗎？

是沒錯啦，我常跟部長在新宿打撞球。
看，他還叫我買了球竿。
部長很會打撞球吧？
其實也沒那麼厲害。
我故意輸給他的。
……
……
女兒都嫁進了董事長家呢……
部長老婆做的媒啦，哈哈哈……

再來一碗芝麻菠菜。
不愧是真人磨芝麻器，隨時都得補充芝麻啊！
兩週後——
めし
喀—
上次真嚇了一跳。沒想到真人磨芝麻器會親自來。
最近松倉先生沒什麼精神吔，你知道為什麼嗎？
不知道。
他女兒從夫家回來了。
他女兒是部長太太做的媒吧？
對。之前我偶然聽到他跟部長太太講話，好像很生氣。
哎……

十天後——
BAR
ポテト
taboo
唉喲，部長今天真厲害啊。簡直像是撞球大神附身啊！
沒有啦。
今晚是阿松表現太差啦，完全心不在焉。
……我女兒的事……這回真是給部長跟夫人添麻煩了。
我是無所謂啦，但我太太氣死了。她說松倉先生是怎麼教育女兒的啊……
真是沒臉見人……

你親家太太跟我太太抱怨了不少。
對不起。
大橋部長好像被老婆訓得很慘。
他不停地罵松倉先生。
松倉先生真可憐，只能一直低著頭。
但是，
—沒完沒了⋯⋯
於是終於到了這個節骨眼⋯⋯
你那個女兒啊⋯⋯
煩死了！不要再說我女兒壞話了！

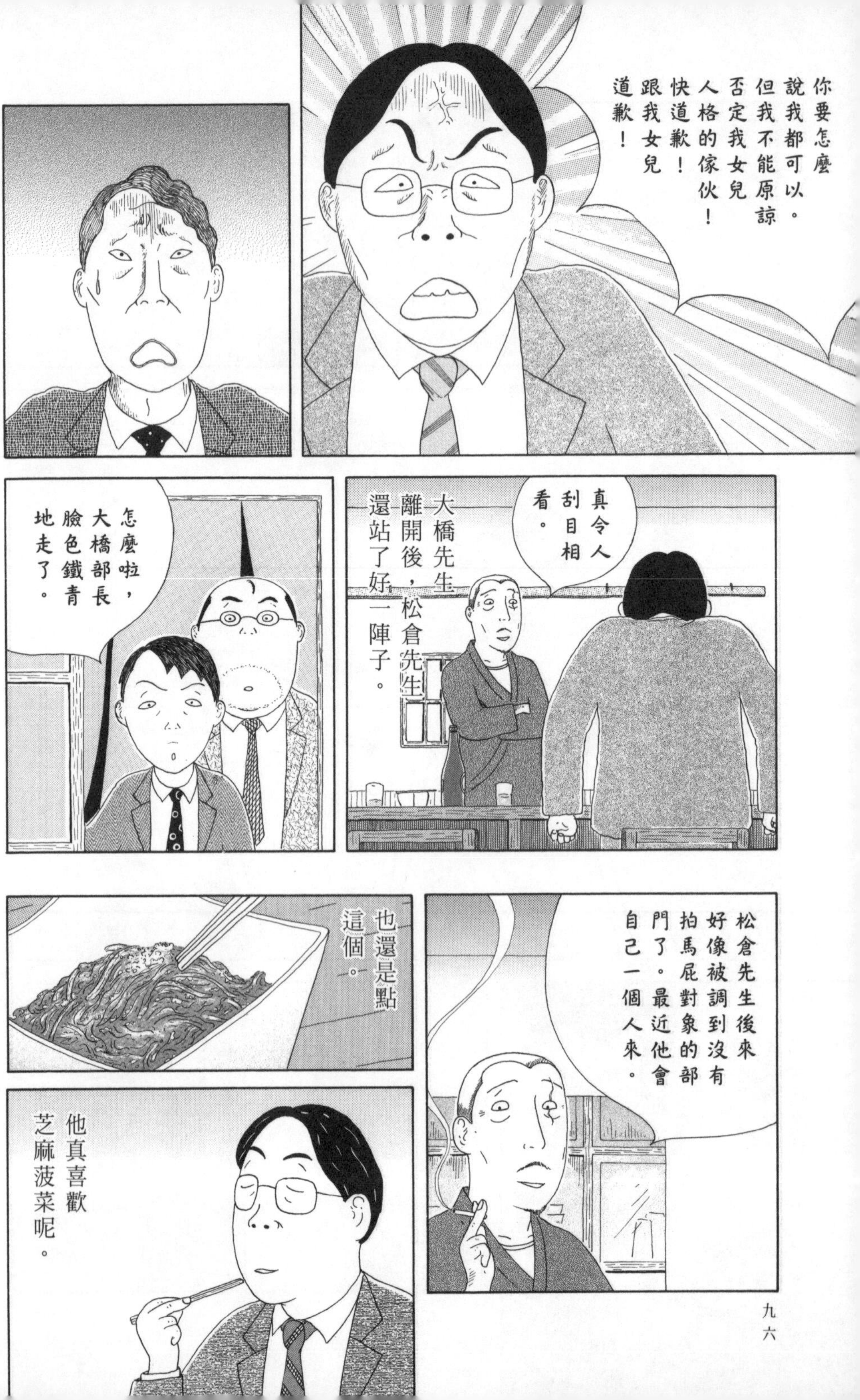
你要怎麼說我都可以。但我不能原諒否定我女兒人格的傢伙！快道歉！跟我女兒道歉！
真令人刮目相看。
大橋先生離開後，松倉先生還站了好一陣子。
怎麼啦，大橋部長臉色鐵青地走了。
松倉先生後來好像被調到沒有拍馬屁對象的部門了。最近他會自己一個人來。
也還是點這個。
他真喜歡芝麻菠菜呢。

第 67 夜 ◎ 春甘藍

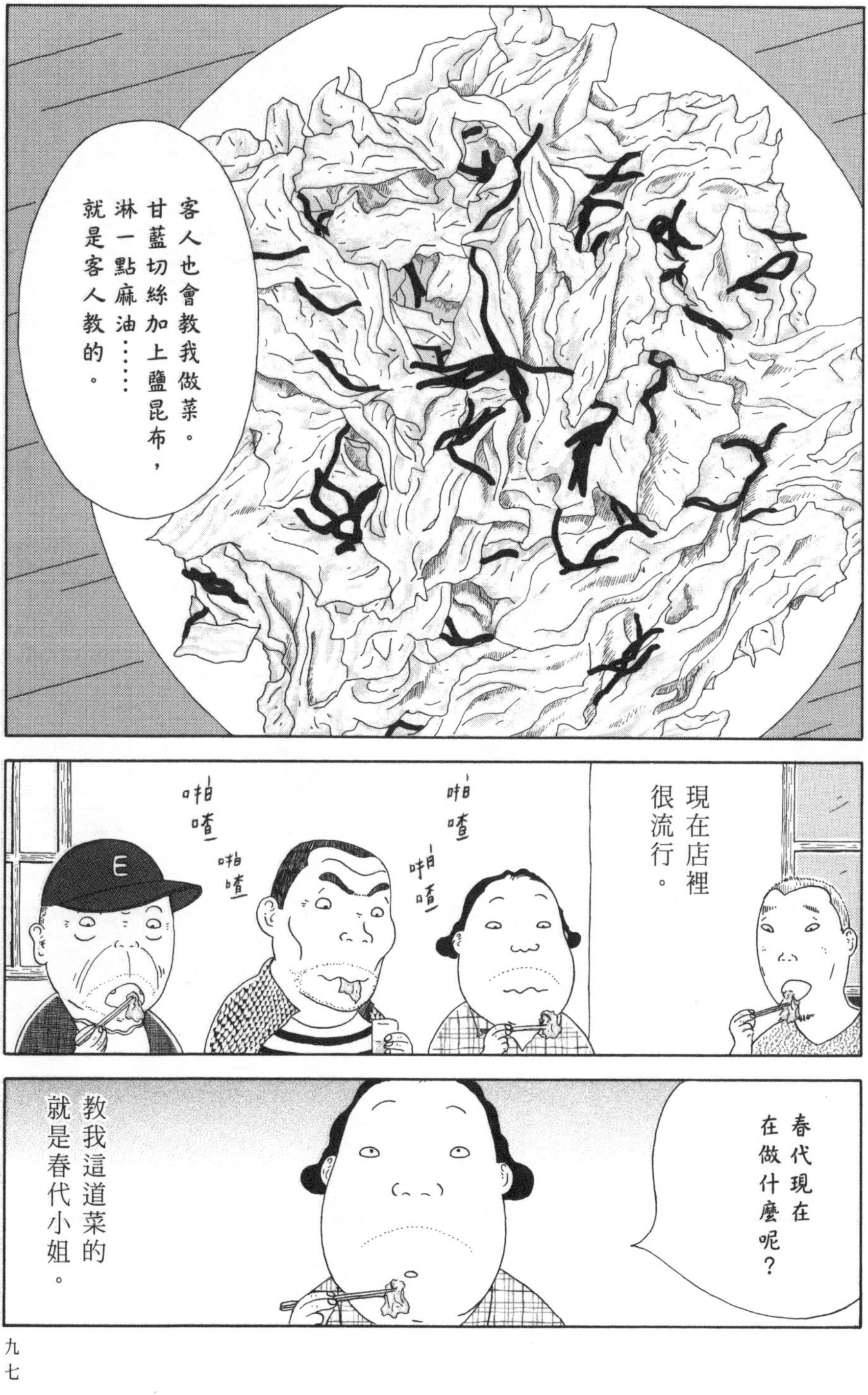
客人也會教我做菜。
甘藍切絲加上鹽昆布，
淋一點麻油……
就是客人教的。
現在店裡很流行。
啪嗟
啪嗟
啪嗟
啪嗟
春代現在在做什麼呢？
教我這道菜的就是春代小姐。

春代小姐第一次來是三月中旬。
豬肉味噌湯定食
啤酒（大）
日本酒（兩合）
燒酒（一杯）
菜單只有這樣。
但若妳要另外點菜，做得出來的我都做。
哎…
那要甘藍！
怎麼做？
生吃。
生吃!?

當時春代教的就是這道菜。
久等了。我嚐了味道，不錯呢。
是吧？
我也要。
哎，很好吃。
嗯。
還不錯喔。

是吧？
啊，不好意思，我叫春代。請多指教。
妳好……
從那一刻開始春代就成了店裡的偶像。
之後春代每晚都來，她一來店裡氣氛就歡樂起來了。

她總是點甘藍絲。
雖然我是開店做生意的，但還是想說，要吃這個不必跑到店裡來點啊。
怎麼這麼說呢，一個人做一個人吃，一點也不好吃。
來這裡在這些好男人的環繞下吃飯最棒了！
對啊。
對啊。
春代一個人住嗎？
……嗯，差不多啦。
對了，老闆，白天跟我約會好嗎？
哎!?白天我要睡覺…

春代，我有《赤壁：決戰天下》的電影票，要不要去看？
哇～要去要去，我超喜歡金城武。
!?
次日——
めし
大家好。
怎麼啦，全一起來了。
真是的，我在電影院門口等，春代還沒來，這兩人就先來了。
我們也想看電影啊…
嗯…
很好啊，大家一起看很開心。

咦!?
你是演AV的田中先生嗎？
是啊……
哇！本人耶！我是粉絲！可以跟你照相嗎？
可以啊。
……
……
老闆，拜託了。
喀嚓

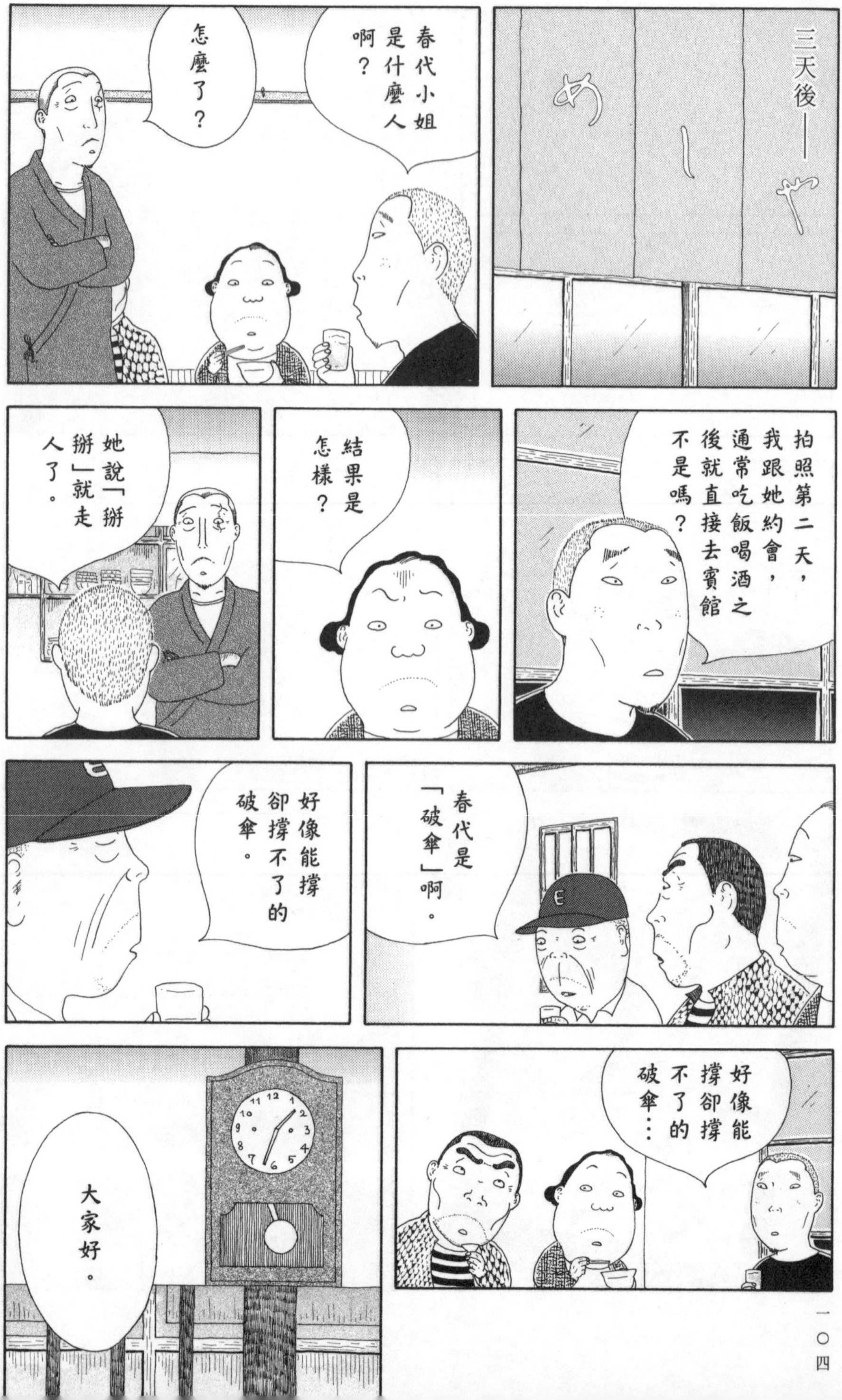

三天後——
めしや
春代小姐是什麼人啊？
怎麼了？
拍照第二天，我跟她約會，通常吃飯喝酒之後就直接去賓館不是嗎？
結果是怎樣？
她說「掰掰」就走人了。
春代是「破傘」啊。
好像能撐卻撐不了的破傘。
好像能撐卻撐不了的破傘……
大家好。

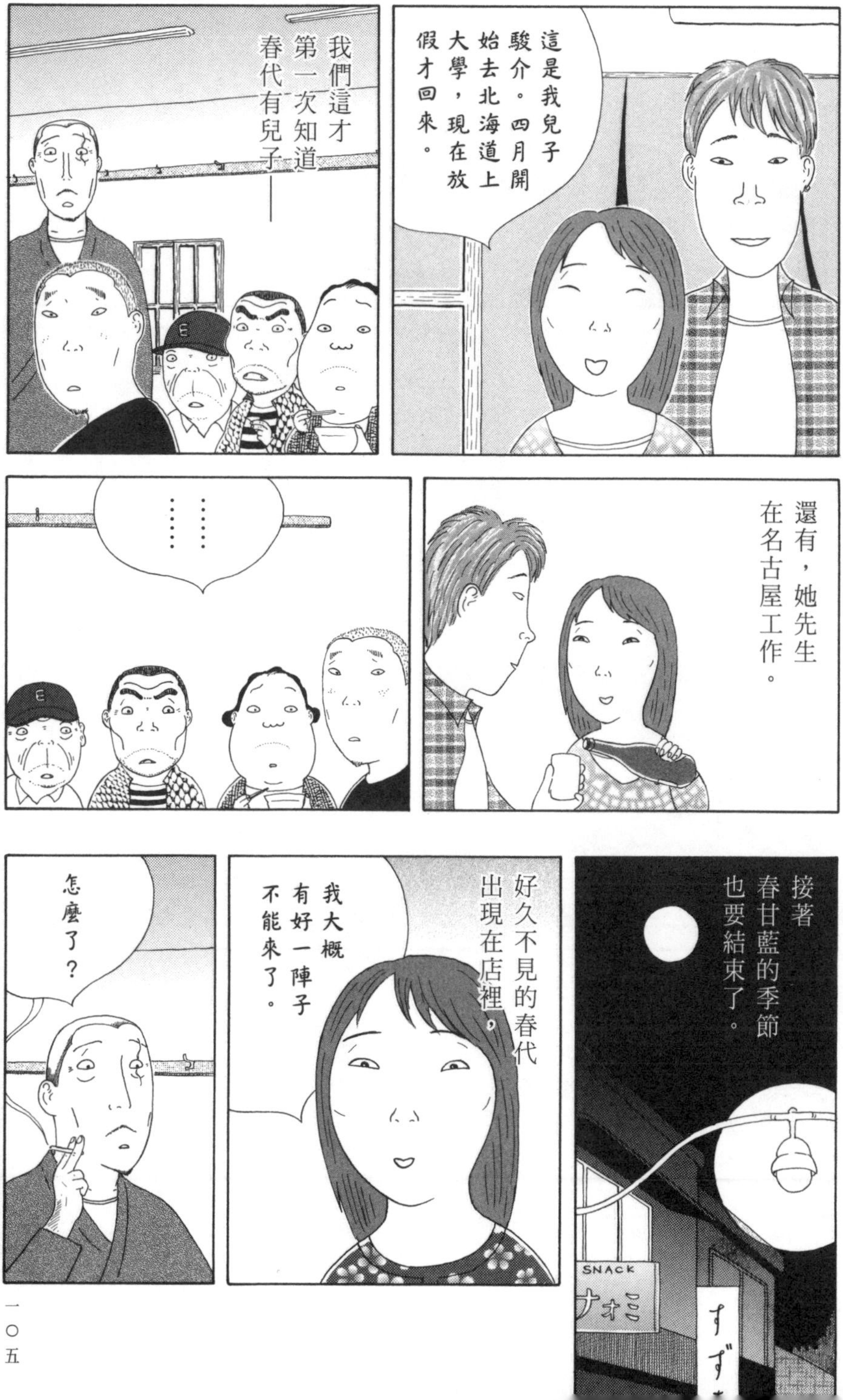
這是我兒子駿介。四月開始去北海道上大學，現在放假才回來。
我們這才第一次知道春代有兒子——
還有，她先生在名古屋工作。
……
接著春甘藍的季節也要結束了。
SNACK
ナオミ
すず
好久不見的春代出現在店裡，
我大概有好一陣子不能來了。
怎麼了？

我……有了。
哎，誰的孩子？
真沒禮貌。我先生也說了同樣的話。
我可是很堅貞的。
過了半個月——
春代怎麼樣了呢……
春代是個像春甘藍的女人啊……
對，水水嫩嫩的……
又清新……
又柔軟……

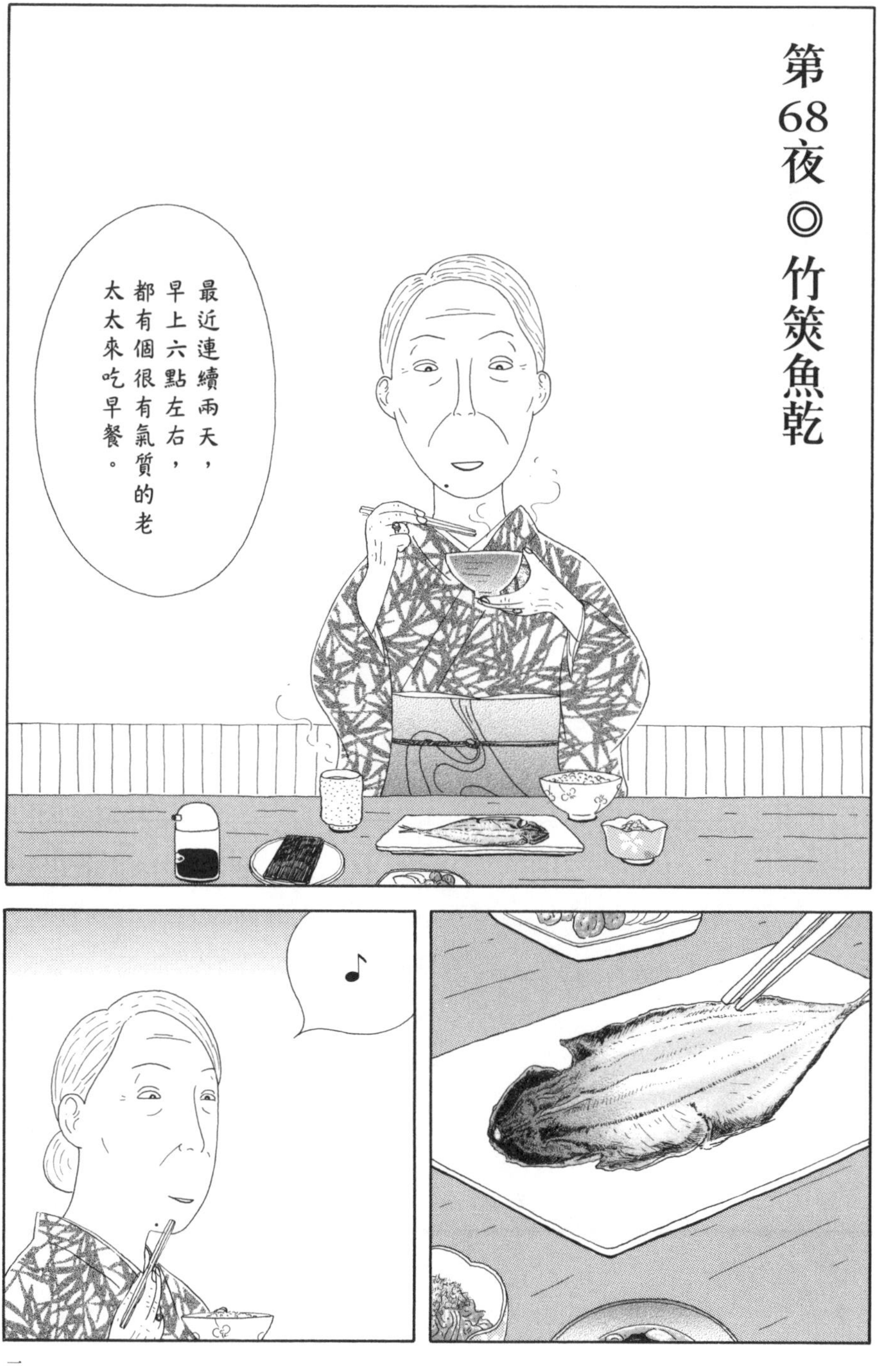
第68夜◎竹筴魚乾
最近連續兩天，早上六點左右，都有個很有氣質的老太太來吃早餐。
♪

我吃飽了。可以抽菸嗎？
當然。
飯後一根菸快樂似神仙。
對啊……現在東京到處都禁菸，太難受啦。
最近特別嚴格。妳來東京旅遊嗎？
來喘口氣的。事業交給孩子們了，老是蹲在鄉下都快發霉啦。
鄉下是哪？
肥後的熊本。

妳沒有口音呢。
我可是江戶人。死掉的老公是熊本人……我打算在附近的出租公寓住一個月。
竹筴魚乾很好吃。
是吧？我在沼津有個朋友……
喀啦
早啊。
麻里鈴，怎麼啦？
我搭深夜巴士回來的。那邊的經理是個大色狼，一直想上床，煩死了。

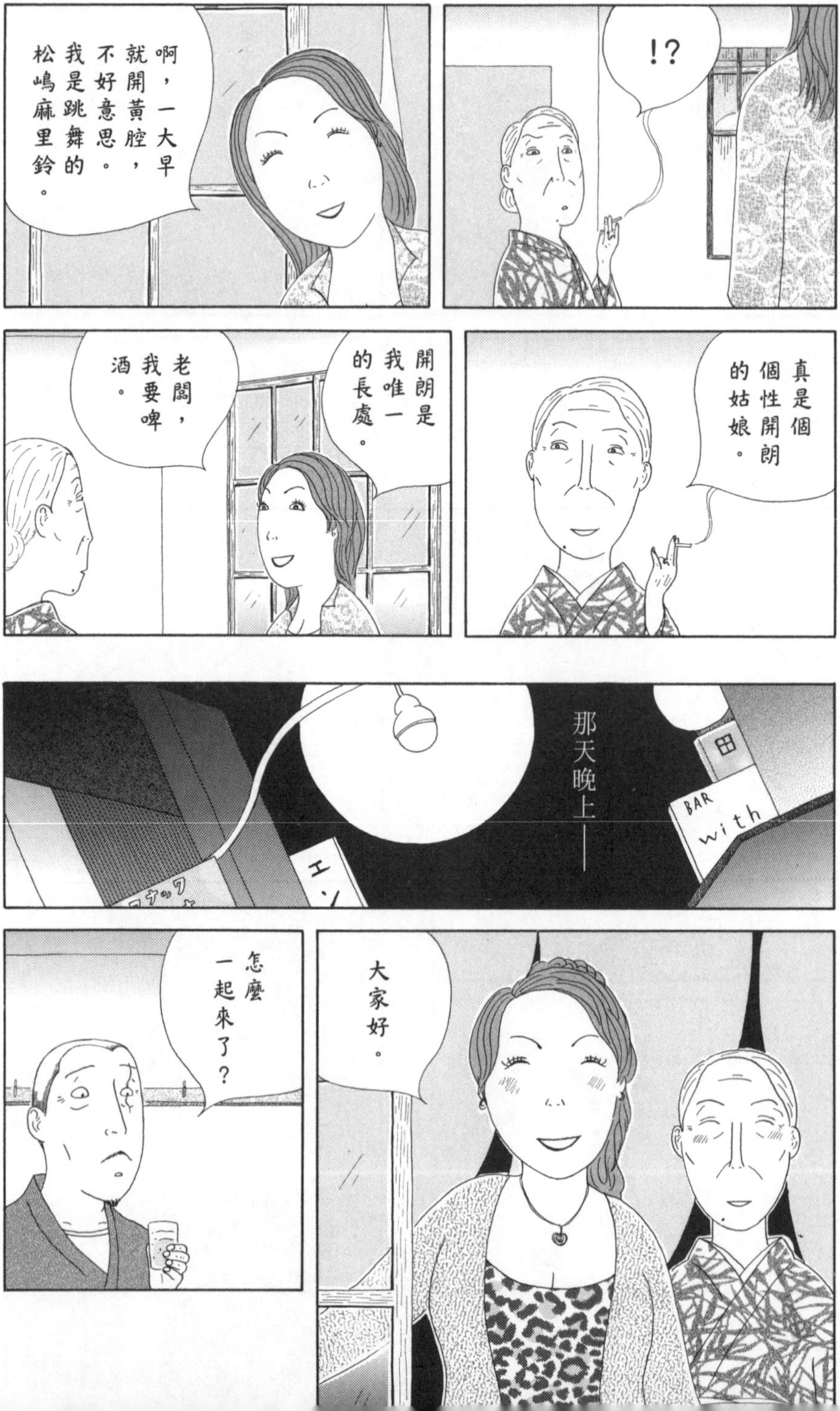
!?
啊，一大早就開黃腔，不好意思。我是跳舞的松嶋麻里鈴。
真是個個性開朗的姑娘。
開朗是我唯一的長處。
老闆，我要啤酒。
那天晚上——
田
BAR with
大家好。
怎麼一起來了？

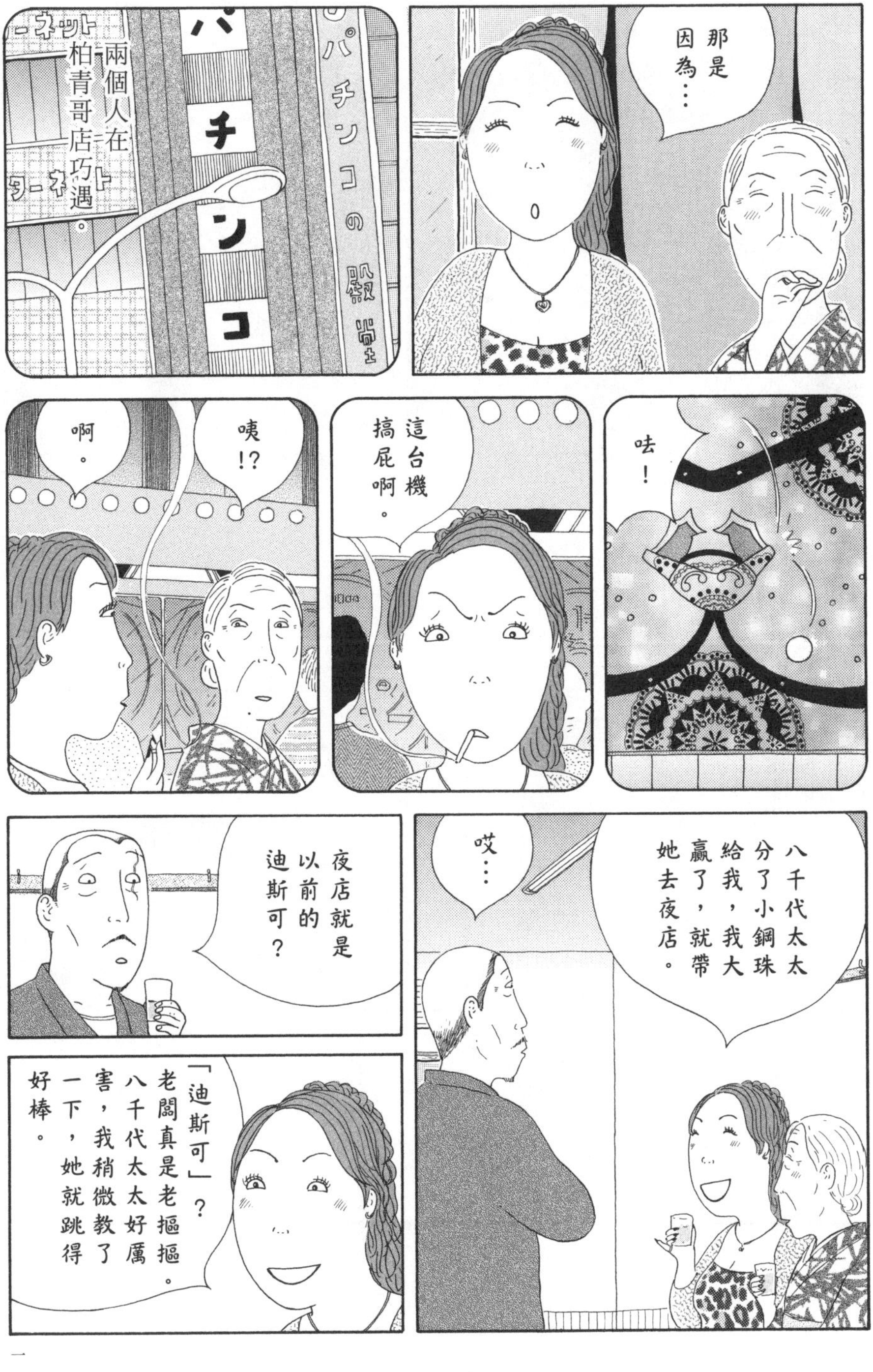
那是因為…
兩個人在柏青哥店巧遇。
パチンコ
パチンコの
呿！
這台機搞屁啊。
咦!?
啊。
八千代太太分了小鋼珠給我，我大贏了，就帶她去夜店。
哎…
夜店就是以前的迪斯可？
「迪斯可」？老闆真是老摳摳。八千代太太好厲害，我稍微教了一下，她就跳得好棒。

以前的經驗啦……
喲，麻里鈴回來啦。
等好久啦。我會去送花。
哇——謝謝！
!?
八千代太太，我說我是跳舞的，其實是脫衣舞孃啦。

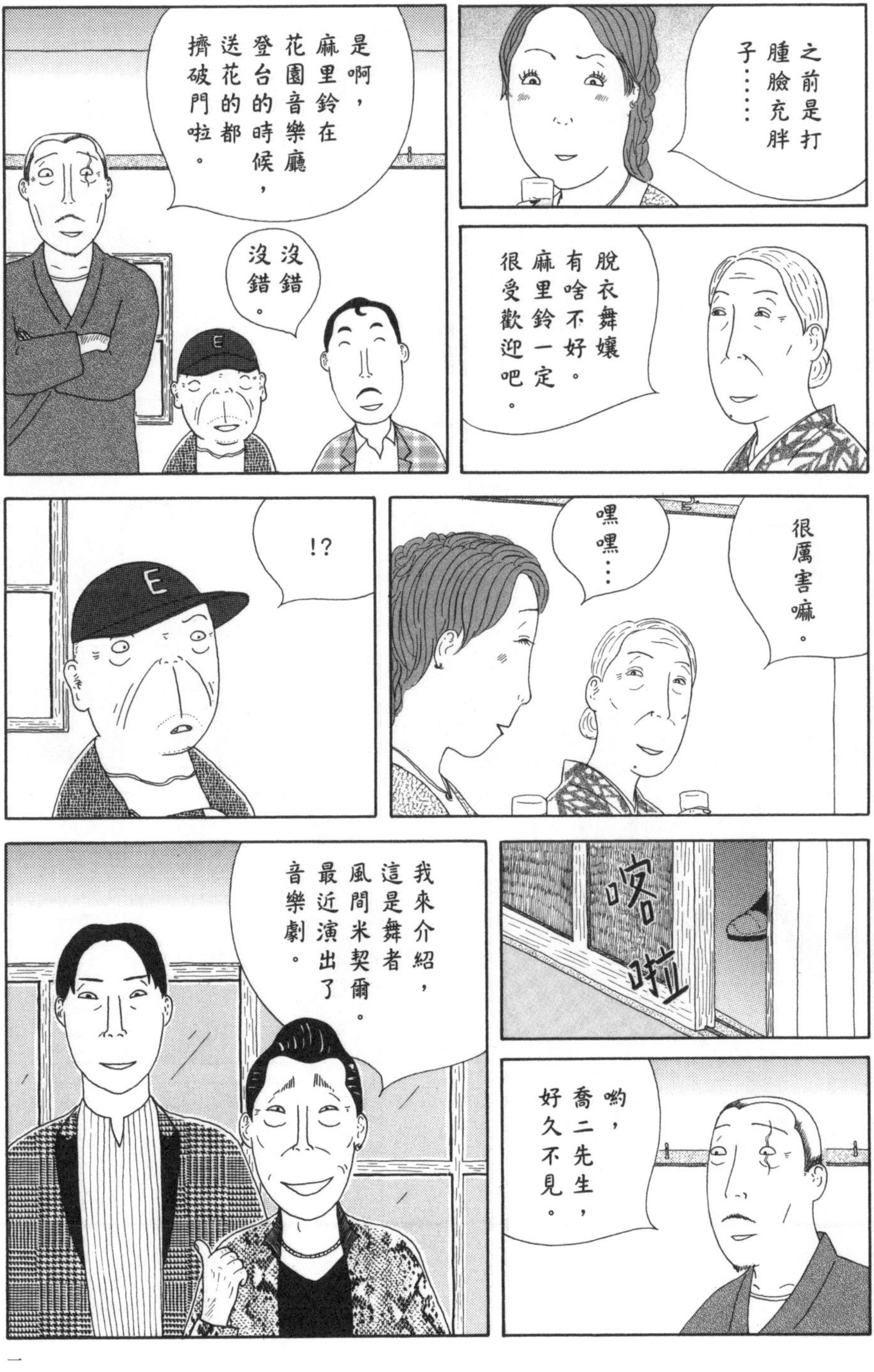
之前是打腫臉充胖子……
是啊，麻里鈴在花園音樂廳登台的時候，送花的都擠破門啦。
沒錯沒錯。
脫衣舞孃有啥不好。麻里鈴一定很受歡迎吧。
很厲害嘛。
嘿嘿……
!?
喀啦
喲，喬二先生，好久不見。
我來介紹，這是舞者風間米契爾。最近演出了音樂劇。

!
!?
……
麻里……
妳在當脫衣舞孃？真嚇人。以前的女朋友在台上讓別人看「那裡」……
……
啪

脫衣舞孃又怎樣，音樂劇就比較高尚嗎？
！
妳是玫瑰美千代吧！
！
玫瑰!?
玫瑰美千代是五十年前風靡一時然後突然消失的傳奇脫衣舞孃。
我也聽過這傳奇，沒想到竟然是這位老太太……
八千代太太，謝謝……
那個叫風間的傢伙，馬上溜得不見人影。
之後我們跟玫瑰小姐大肆慶祝了一番。

讓我迷上脫衣舞的就是玫瑰小姐啊……
玫瑰小姐在熊本經營好多家旅館跟餐廳，今年春天才退休。
竹筴魚乾，久等了。
玫瑰小姐喜歡魚乾啊。
以前是脫衣舞孃啊，「大開」是必要的啦。
──於是……
來！
今晚麻里鈴也爽快地門戶洞開啦！

第69夜◎煎餃

這裡是轉角的食堂，要四人份的煎餃，裝成兩盤……嗯，拜託了。
外賣的煎餃嗎？
我們只點了兩人份喔？
我知道。你吃了就曉得。比我做的好吃多啦。

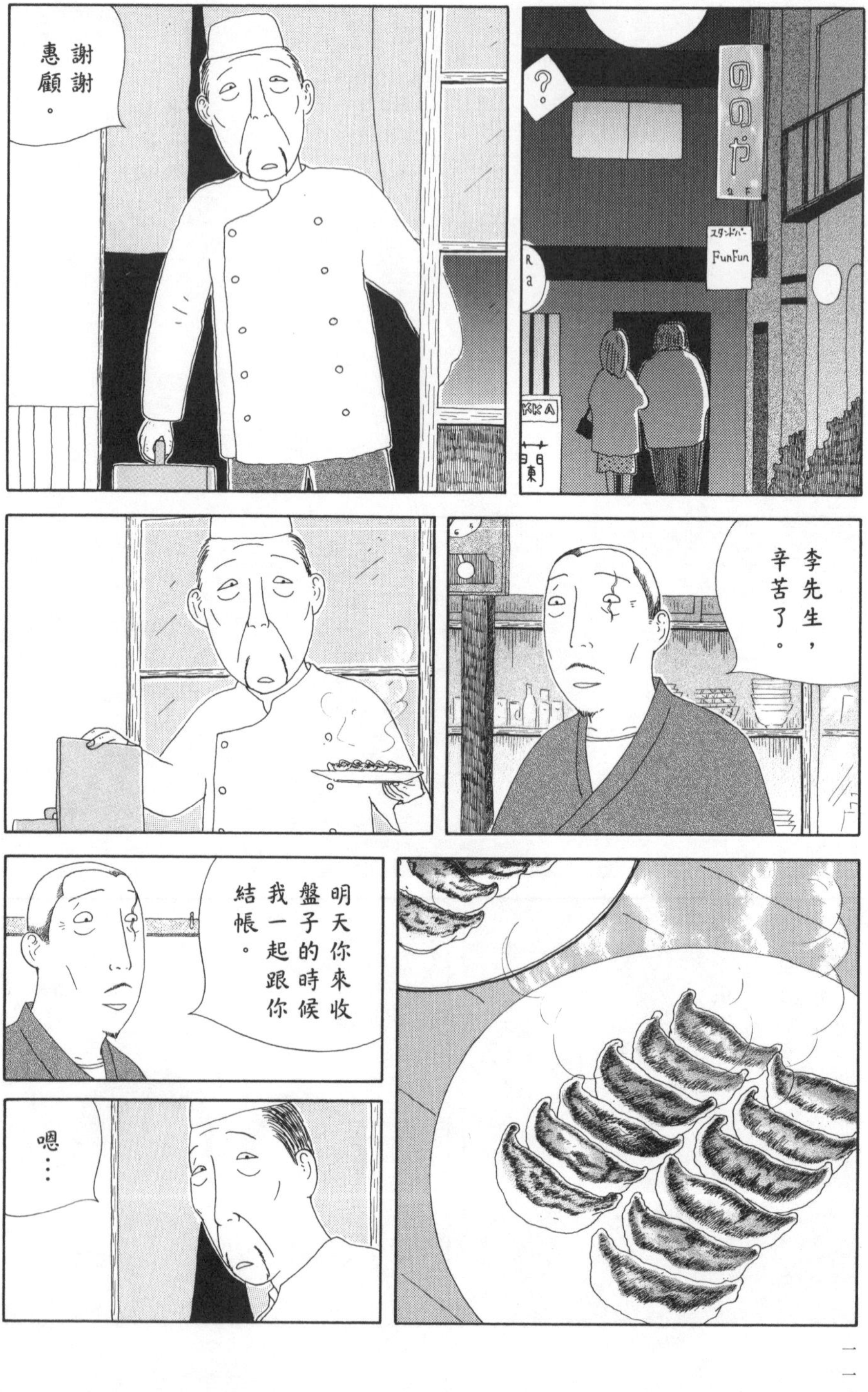
ののや
スタンドバー
FunFun
謝謝惠顧。
李先生，辛苦了。
明天你來收盤子的時候我一起跟你結帳。
嗯…

來，兩人份。
!?
好吃！
嘿嘿。
怎樣，還可以再吃一份吧？
嗯！

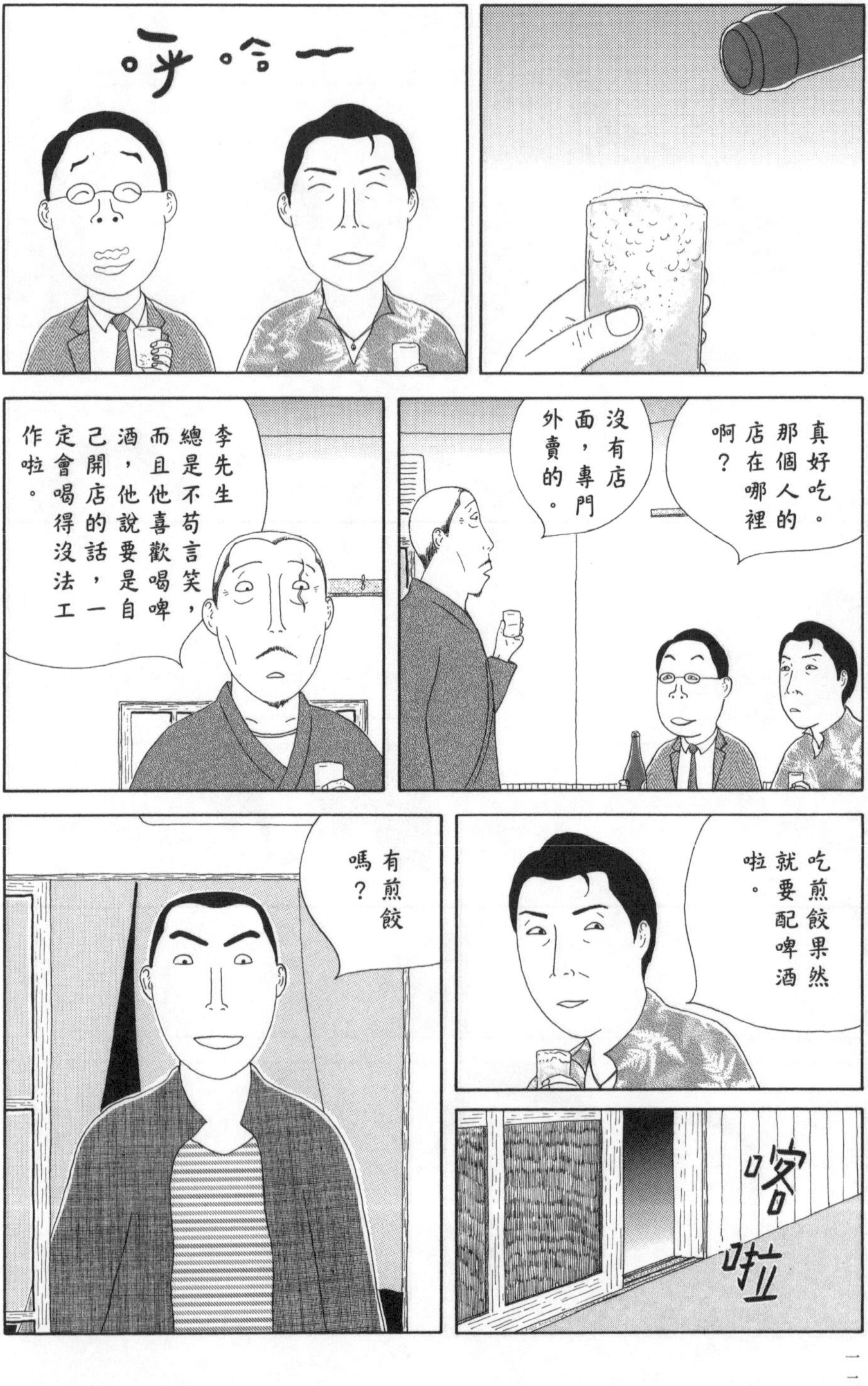
呼哈一
真好吃。那個人的店在哪裡啊？
沒有店面，專門外賣的。
李先生總是不苟言笑，而且他喜歡喝啤酒，他說要是自己開店的話，一定會喝得沒法工作啦。
吃煎餃果然就要配啤酒啦。
喀啦
有煎餃嗎？

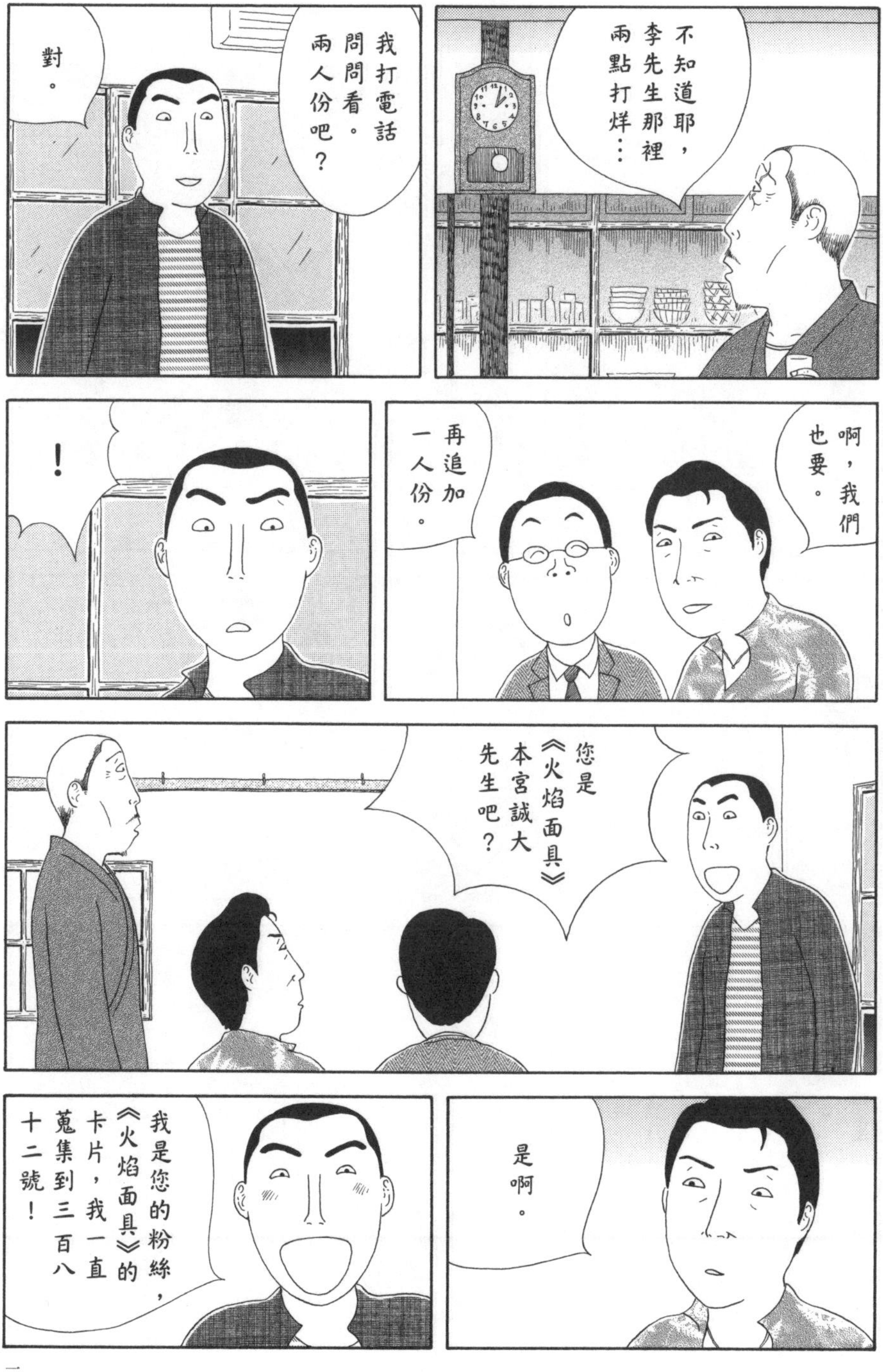
不知道耶，李先生那裡兩點打烊……
我打電話問問看。兩人份吧？
對。
啊，我們也要。
再追加一人份。
！
您是《火焰面具》本宮誠大先生吧？
是啊。
我是您的粉絲，《火焰面具》的卡片，我一直蒐集到三百八十二號！

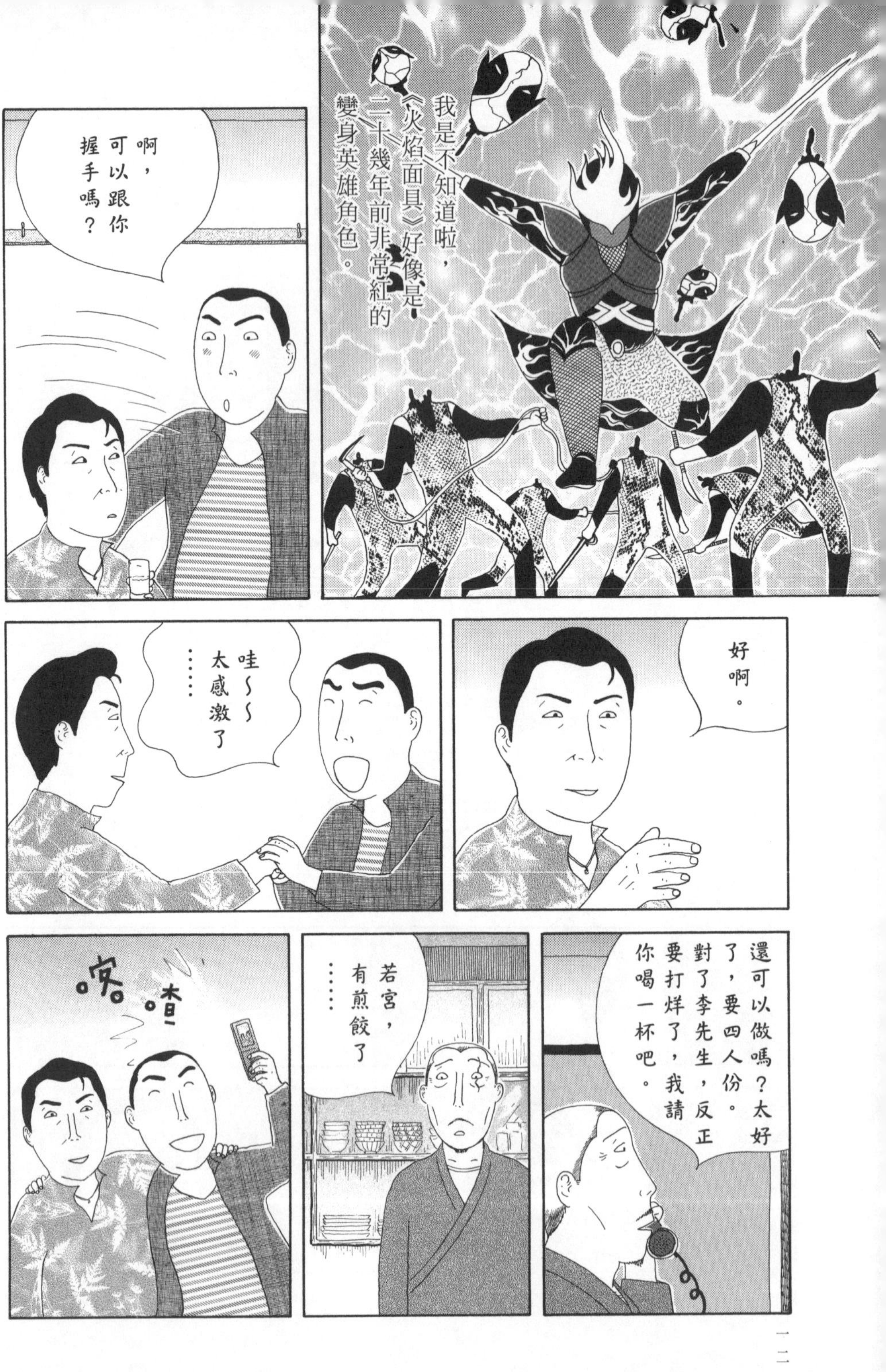
我是不知道啦，《火焰面具》好像是二十幾年前非常紅的變身英雄角色。
啊，可以跟你握手嗎？
好啊。
哇～～太感激了……
還可以做嗎？太好了，要四人份。對了李先生，反正要打烊了，我請你喝一杯吧。
若宮，有煎餃了……
喀嗒

誠大先生是不是只演舞台劇了？
七月開始要拍一部叫做《無宿雙截棍》的電影喔。
我是經紀人山上。
不好意思，我叫若宮。
……角色是雙截棍高手，還真不容易啊……
每天都練習……
不跟李小龍一樣可不行呢……
哇～

久等了。我多做了一些。
不好意思。李先生，來喝杯啤酒吧。
謝謝……
李先生最厲害了！
真的，多少都吃得下。
李先生自己不吃嗎？
做就飽啦。

真可憐。
哈
哈
哈
呀！
喀啦
怎麼了？
有個男人拿著刀要砍人⋯⋯
住手！

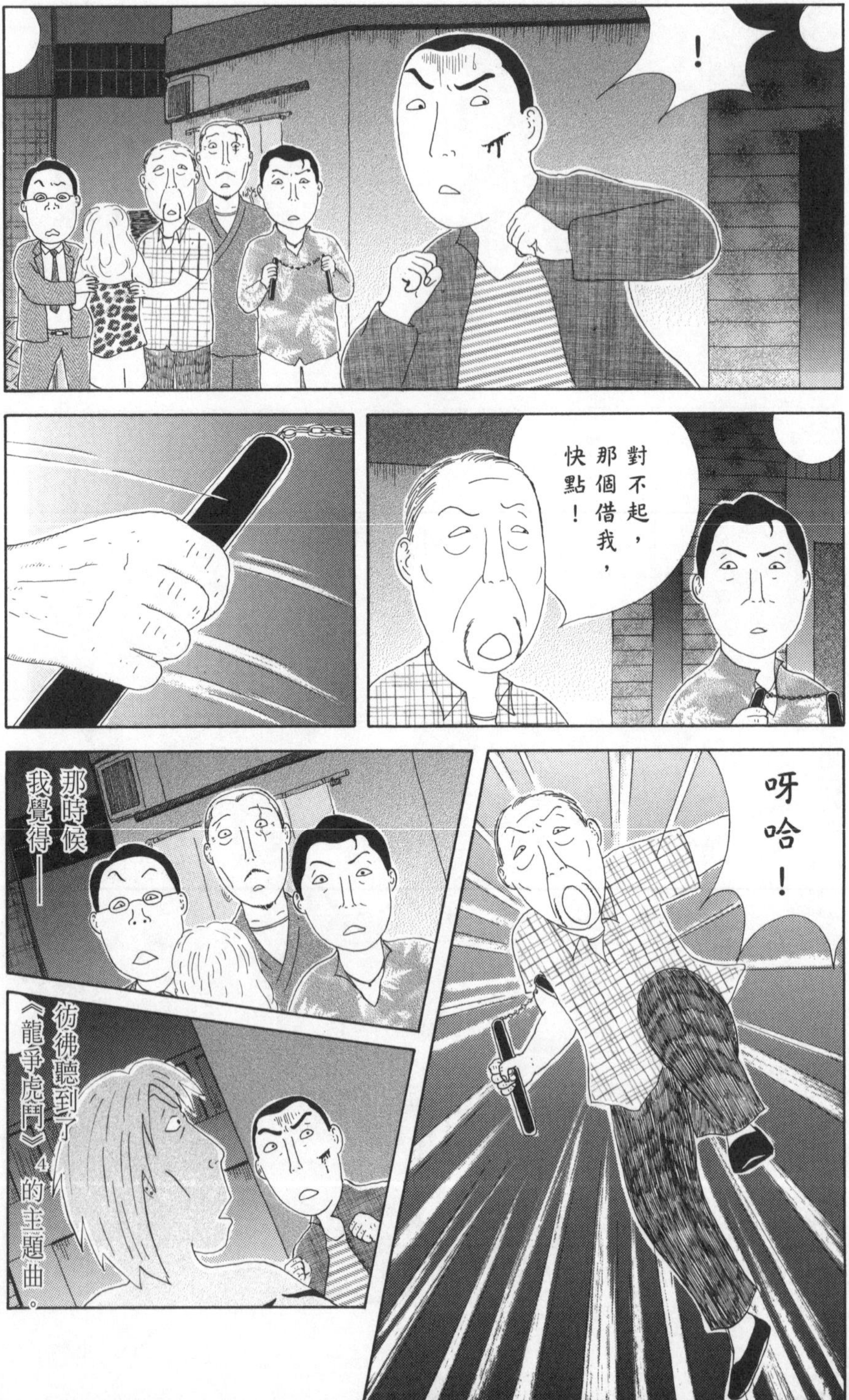

4.李小龍主演的電影。

BAR
PEAC
哐
呀哈！
就、就是這個⋯⋯

在那之後街坊充滿了李先生的傳聞。
說李先生是李小龍的弟子啦，不，是他同父異母的弟弟啦……李先生啥也沒說，真相沒人知道。
スナック
誠大先生暫時投入李先生門下，在《無宿雙截棍》裡大獲好評
現在李先生怎樣了？跟平常一樣每天送煎餃。
Club
但是現在連黑道都讓路給他啦。

第70夜◎漢堡
漢堡這種東西，到家庭餐廳去吃就好了，但是香坂先生說——
中年男子半夜跑到家庭餐廳去吃漢堡，未免太難看了。
據說是這樣。

高木，你可不可以不要把飯堆到叉子背面吃啊。現在已經沒人這麼做啦。
隨你怎麼說。我從小就一直這樣吃的。
香坂先生在店裡總是用筷子吃蘿蔔泥漢堡配啤酒。
高木先生則是——
荷包蛋漢堡加炸蝦，簡直是兒童餐啊。
沒關係，我付帳。
香坂先生跟高木先生是作家和編輯的關係。

香坂先生是現在最紅的官能小說作家。
淫蝶
香坂慎
惡女
香坂慎一郎
爛熟的夜
老闆，待會請給我收據。
在店裡要收據的也只有高木先生了。
有一天——
めし
呵呵呵呵……
怎麼啦？笑得這麼詭異。
中午看到了好玩的事。
？
在旅館大廳看到高木跟一個老先生面對面坐著吃漢堡，兩個人都……呵呵……

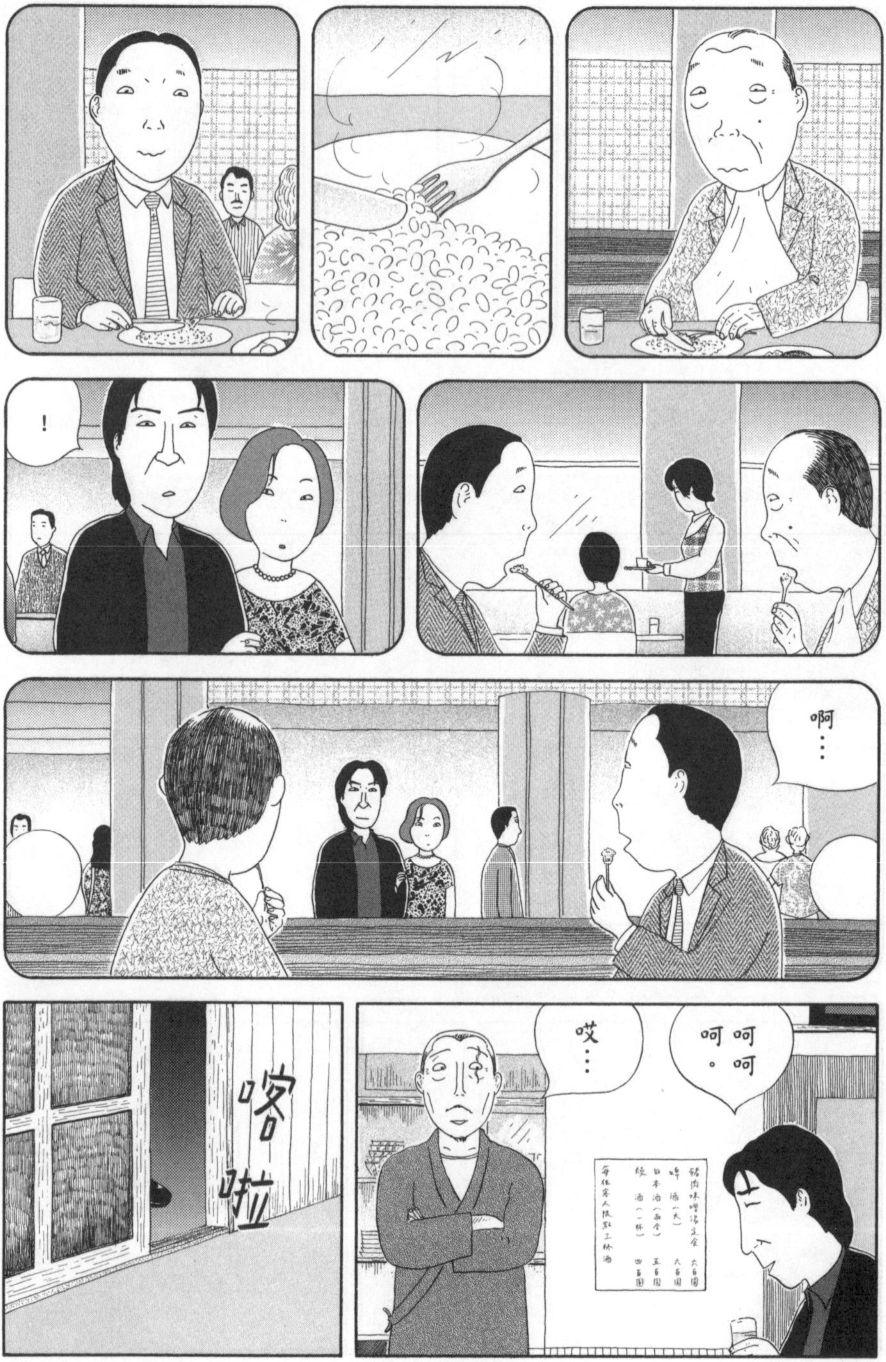
!
啊…
呵呵。
哎…
豬肉味噌湯定食 六百圓
啤酒（大） 六百圓
日本酒（兩合） 五百圓
燒酒（一杯） 四百圓
每位客人限點三杯酒
喀啦

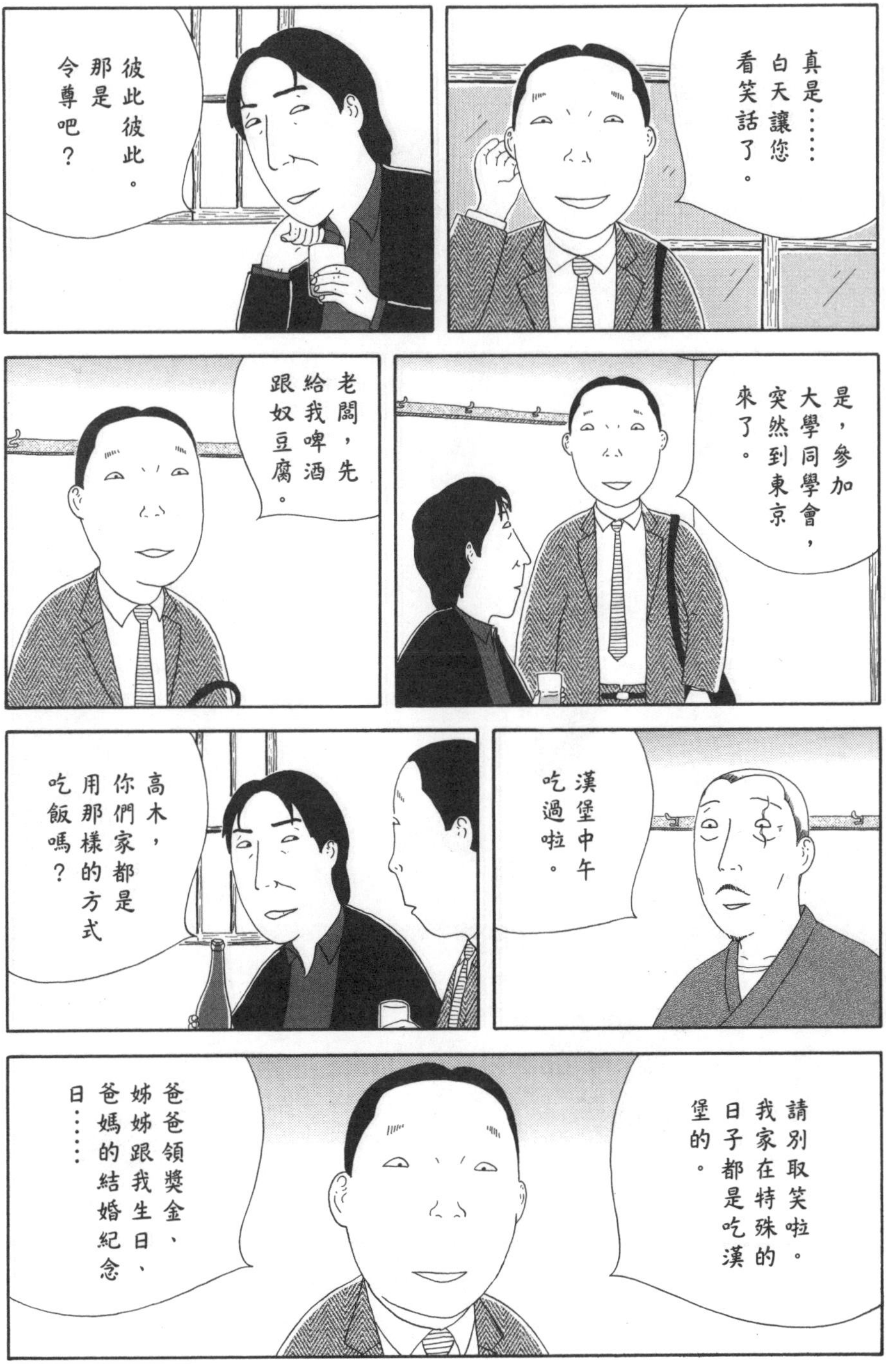
真是……白天讓您看笑話了。
彼此彼此。那是令尊吧？
是，參加大學同學會，突然到東京來了。
老闆，先給我啤酒跟奴豆腐。
漢堡中午吃過啦。
高木，你們家都是用那樣的方式吃飯嗎？
請別取笑啦。我家在特殊的日子都是吃漢堡的。
爸爸領獎金、姊姊跟我生日、爸媽的結婚紀念日……

我去世的媽媽都會使出渾身解數做漢堡給我們吃。
…………
白飯不是用碗，而是盛在盤子裡……
久等了。
餐巾則是塞在領口……不過現在我們也不這樣做啦。

高木真是在好人家長大的啊……
香坂先生不知怎地似乎非常寂寞。
數日後——
みなみ
トーク
BAR 小梅
スナック
加
喀啦
唉呀……真是糟糕。
怎麼啦？
聯絡不上香坂老師……他的爸爸突然病倒了，我得盡快跟他聯絡，但他一直沒回家。
哎!?
八成又是帶著女人躲到哪去了吧……老師很有型的。

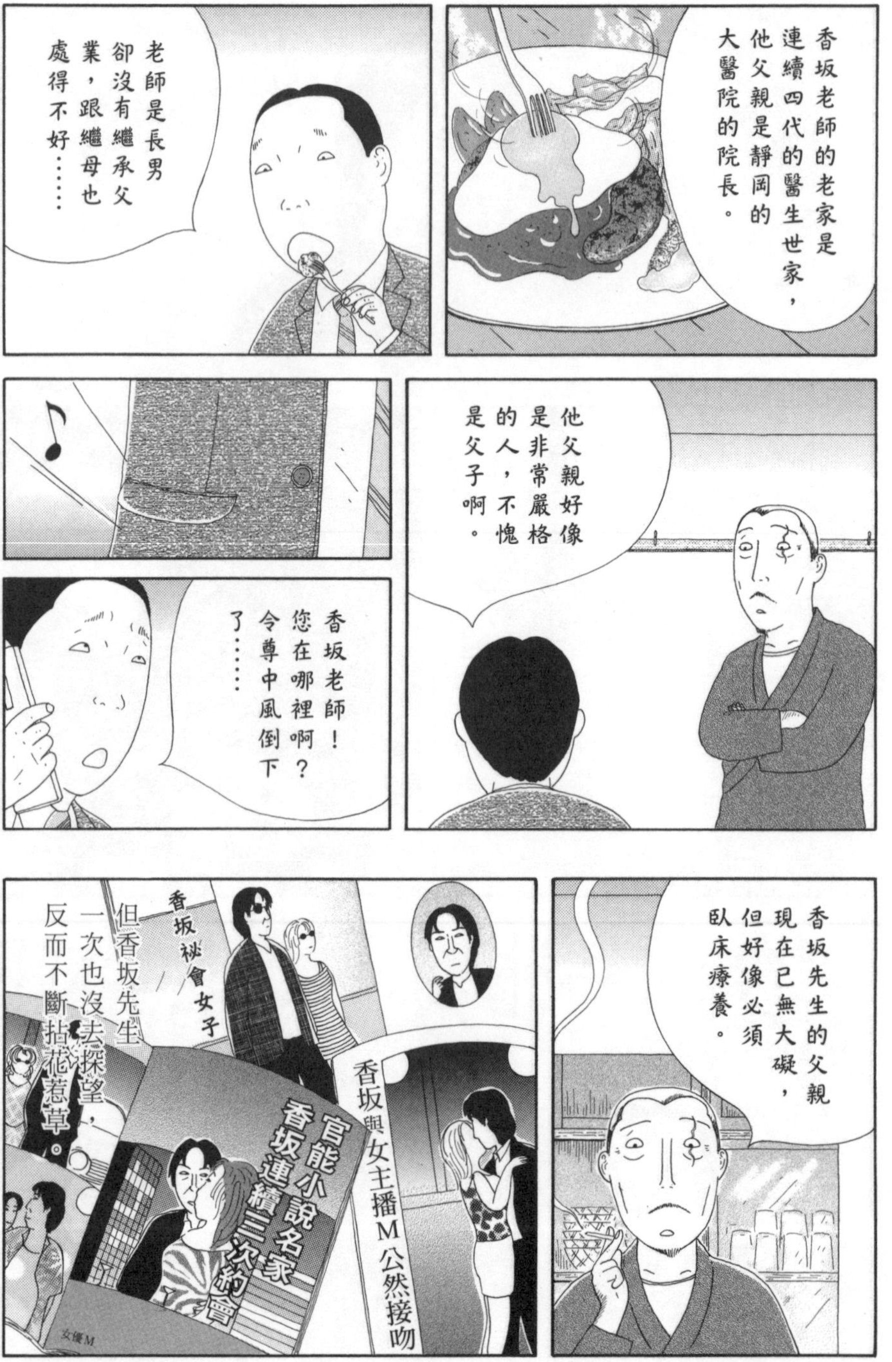
香坂老師的老家是連續四代的醫生世家，他父親是靜岡的大醫院的院長。
老師是長男卻沒有繼承父業，跟繼母也處得不好……
他父親好像是非常嚴格的人，不愧是父子啊。
香坂老師！您在哪裡啊？令尊中風倒下了……
香坂先生的父親現在已無大礙，但好像必須臥床療養。
但香坂先生一次也沒去探望，反而不斷拈花惹草。
香坂祕會女子
香坂與女主播M公然接吻
官能小說名家香坂連續三次約會
女優M

兩個月後——
めしや
蘿蔔泥漢堡配啤酒，老醫生也都是這樣吃。這是去世醫生娘的拿手好菜啊。
……
……
有一天老醫生把我叫去。
我房間裡的保險箱中的東西，不要給別人看到，全部替我燒掉。
你猜保險箱裡是什麼？
誰知道……

全部都是官能小說……慎一郎先生寫的。
……
!?
就在此時高木先生帶著香坂先生的新書來了。
激情病歷表
香坂慎一郎
老師，印得不錯吧？
下村先生，把這個給老爸好嗎？
然後香坂先生在書上寫了——
給爸爸
兒 慎一郎 上

第71夜◎蛋包飯
SNACK mandolin
我想應該沒有人沒忘記過傘吧，但雨宮先生真的有點誇張了。
めし
我要蛋包飯。
他來到店裡總是渾身濕透。
又淋雨了？我拿毛巾給你。

雨宮先生好像是充滿潛力的物理學者，但那太難了我不懂啦。
謝啦。
……
……

久等了。
喔……
嗯嗯……
原來如此……
！
嘻……

？
蕃茄醬。
……
舔
！
哈哈……
抱歉……哈哈哈。
我叫小玲。
小玲……
對了，我忘了介紹，小玲是最近偶爾來店裡的韓國酒店的陪酒女郎。

她不知看上他哪一點，
離開的時候小玲撐傘
送雨宮先生上了計程車。
BAR
其實店裡有雨宮先生之前忘在這裡的傘，但我識相地就沒說了。
之後發生了什麼事
我是不知道啦……
めし
幾天後——
等很久了嗎？
沒有，剛到。
怎麼，原來是這麼回事啊。

有一天，小玲一個人來了。
他到美國去參加學術會議了。
我沒想到小玲會跟雨宮先生交往啊。
我腦筋不好，所以喜歡聰明的人。而且他的眼神像孩子一樣非常清澈。
老闆，我想拜託你一件事。
什麼？
請教我做蛋包飯。
真奇特……
好啊。

我抽空教了小玲。
之後他們倆一起來……
我們同居了。
老闆，謝謝你，我做的蛋包飯他非常喜歡。
從做生意的角度來說，我心情還真有點複雜。
也罷，祝你們幸福。
謝謝。
之後過了不知多久……
喀啦

怎麼啦？
小玲走了……
大家好像都反對他們同居。
小玲……
特別是雨宮先生的母親非常反對，而小玲的親戚也有人反對……
雨宮先生想盡辦法尋找小玲的下落，但毫無結果。
之後雨宮先生一直沒有結婚，致力於研究，獲得了權威性的物理大獎。

聽說首爾有家好吃的蛋包飯店。
咦？韓國也有蛋包飯嗎？
那裡的老闆娘日語很流利。好像以前住過日本。
！
那、那家店在首爾哪裡？
!?
請告訴我！

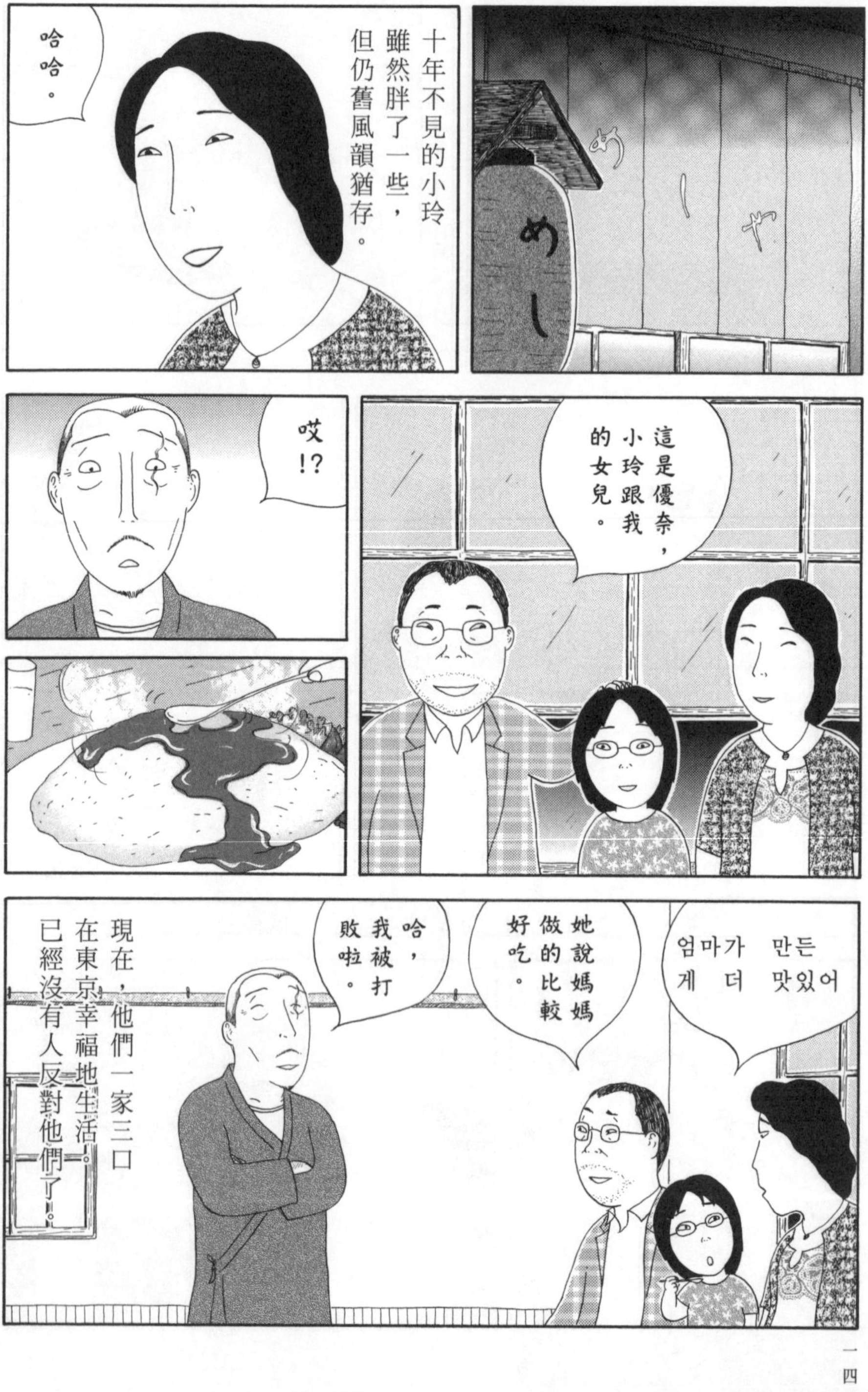
めしや
めし
十年不見的小玲雖然胖了一些，但仍舊風韻猶存。
哈哈。
這是優奈，小玲跟我的女兒。
哎!?
엄마가 만든 게 더 맛있어
她說媽媽做的比較好吃。
哈，我被打敗啦。
現在，他們一家三口在東京幸福地生活。已經沒有人反對他們了。

清口菜

清口菜◎牢騷

今晚來了稀客。
こけし
レカン
10CC
玉子屋
スナック KAORI
大家好，好久不見。
喔，菲利歐啊！怎麼來了？
度蜜月。
你好。
恭喜啊。
老闆，兩份拿波里義大利麵。

久等了。
就是這個味道！
可能的話希望不要點麵類啊……
這位是畫《深夜食堂》的安倍夜郎老師。
怎麼啦，安倍。
畫起來好麻煩。麵要一根一根的畫……
喀啦
大家好，老樣子，生魚片的陪襯。
唉……
← 作者的嘆息

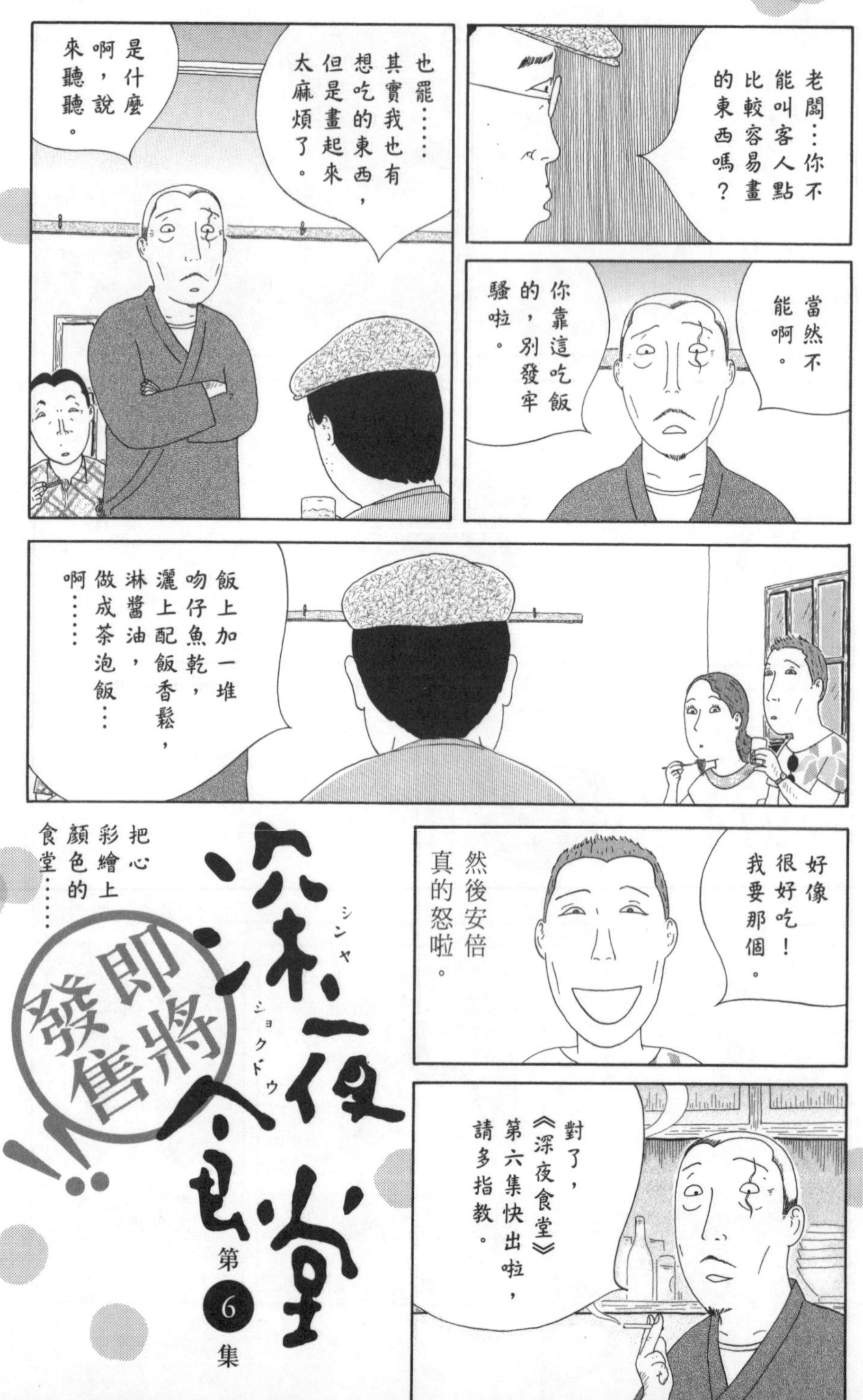

老闆…你不能叫客人點比較容易畫的東西嗎？
當然不能啊。
你靠這吃飯的，別發牢騷啦。
也罷……其實我也有想吃的東西，但是畫起來太麻煩了。
是什麼啊，說來聽聽。
飯上加一堆吻仔魚乾，灑上配飯香鬆，淋醬油，做成茶泡飯啊……
好像很好吃！我要那個。
然後安倍真的怒啦。
對了，《深夜食堂》第六集快出啦，請多指教。
把心彩繪上顏色的食堂……
深夜食堂
シンヤショクドウ
第6集
即將發售!!

深夜食堂 5

深夜食堂 YY0305

作者
安倍夜郎（Abe Yaro）
一九六三年二月二日生。曾任廣告導演，二〇〇三年以《山本掏耳店》獲得「小學館新人漫畫大賞」，之後正式在漫畫界出道，成為專職漫畫家。《深夜食堂》在二〇〇六年開始連載，由於作品氣氛濃郁、風格特殊，二度改編成日劇播映，由小林薰擔任男主角，隔年獲得「第55回小學館漫畫賞」及「第39回漫畫家協會賞大賞」。

譯者
丁世佳
以文字轉換糊口二十餘年，英日文譯作散見各大書店。對日本料理大大有愛；一面翻譯《深夜食堂》一面照做老闆的各種拿手菜。
長草部落格：tanzanite.pixnet.net/blog

書籍裝幀 黑木香 + Bay Bridge Studio
版面構成 何曼瑄、鹿夏男
內頁排版 黃雅藍
手寫字體 鹿夏男、吳偉民
責任編輯 鄭偉銘
副總編輯 梁心愉
企劃主任 詹修蘋
版權負責 陳柏昌

初版一刷 二〇一二年二月二十九日
初版十七刷 二〇一八年七月十日
定價 新臺幣二〇〇元

ThinKingDom 新経典文化
發行人 葉美瑤
出版 新經典圖文傳播有限公司
地址 臺北市中正區重慶南路一段五七號一一樓之四
電話 02-2331-1830 傳真 02-2331-1831
讀者服務信箱 thinkingdomtw@gmail.com
部落格 http://blog.roodo.com/thinkingdom

總經銷 高寶書版集團
地址 臺北市內湖區洲子街八八號三樓
電話 02-2799-2788 傳真 02-2799-0909
海外總經銷 時報文化出版企業股份有限公司
地址 桃園縣龜山鄉萬壽路二段三五一號
電話 02-2306-6842 傳真 02-2304-9301

深夜食堂 / 安倍夜郎作；丁世佳譯 . -- 初版 .
-- 臺北市：新經典圖文傳播，2012.02-
冊； 公分

ISBN 978-986-87616-5-0（第 5 冊：平裝）

861.57 100017381